KB036507

봄바람, 은여우

b판시선 012

이은봉 시집

봄바람, 은여우

도서출판 b

바람에 관한 몇 가지 상념

바람은 무엇인가. 바람은 누구인가. 바람은 어디서 살고 있나. 바람은 몇 살인가. 질문으로, 상념으로 존재하는 것이 바람이다.

바람은 사람이다. 사람은 바람이다. 바람은 세상이다. 세상은 바람이다. 바람의 역사를 살고 있는 것이 사람이다.

바람은 공기이고, 돌은 흙이다. 공기인 바람도 4원소 중의 하나다.

바람은 소리다. 바람은 뜻이 아니다. 바람은 언어다. 기의언어가 아니라 기표언어다.
기표바람은 기의바람을 끌고 다닌다. 기의바람은 기표바람을 쫓아다닌다.

기의바람을 만드는 것은 기표바람이다. 기표바람을 따라 기의바람은 그때그때 살짝 태어났다가 사라진다. 기표바람을 따라 금방 날아가는 잠자리 같은 기의바람!

기표바람이 기의바람을 만드는 곳은 상황, 선택과 배열의 관계다.

기표바람은 잠깐 기의바람의 상징이 되기도 한다. 기표바람은 그렇게 이미지다.

움직이는 것이 바람이다. 바람은 움직이는 기^{氣}다. 운기^{運氣}하는, 활동하고 움직이는 기!

바람은 '바라다'라는 동사의 명사다. 바람은 희망이기도 하고, 꿈이기도 하다.

희망이나 꿈처럼 바람은 이루어지기도 하고, 이루어지지 않기도 한다. 저 혼자 봇도랑에 처박혀 있기도 한다.

사람은 말한다, 바람은, 꿈은, 희망은 이루어진다고.

바람이, 꿈이, 희망이 이루어지면 얼마나 좋을까.

바람은 하단전^{下丹田}에서 솟구쳐 오르는 욕망의 기표이다. 그렇다. 바람은 리비도의 기표다.

거개의 바람은 붕새처럼 하늘로 솟구쳐 오르지 못하고 텃새처럼 산기슭의 초가집 주변이나 맴돈다.

　바람은 추상이나 관념으로 이해되기 쉽다. 바람은 추상이
아니라 구상이다. 바람은 끊임없이 형상이다. 이때의 형상을
누구나 다 바로 읽어내는 것은 아니다.
　바람은 형상이 아니다. 나뭇잎을 흔들거나 비닐봉지 따위를
날려 형상을 이룰 뿐이다. 형상이 이미지를 가장 중요한 자질로
삼는 까닭이 여기 있다.

　바람이 만드는 형상도 이미지다. 아니, 바람 자체가 이미지
다.
　언어도, 문자도 이미지다. 바람이 만드는 저 많은 언어를,
문자를, 이미지를 누가 다 읽어낼 것인가. 나는 겨우 몇 개를
골라 시로 해독해 볼 따름이다.

　이처럼 바람은 미지未知이다. 본래 미지로부터 오는 것이
이미지이다. 이미지인 바람이라는 말로 만든 시! 여기 그 물질이
살짝 있다.

| 차 례 |

시인의 말   5

                                제1부 거친 귀

소나무 자식   15
앵남역   16
봄바람, 은여우   18
물오리   20
골짜기에 나자빠져 있는 바람   22
江돌   24
생각   26
바람이 좋아하는 것   28
끈   30
금요일의 바람   32
봄바람   33
쥐똥나무 울타리   34
바람의 발톱   36
거친 귀   38
지쳐빠진 바람   40
바람의 이빨   42
절개지   44
다리   45

제2부 달리는 바람

꽃   49
흔들의자   50
제가 누구인지 모르는 바람   51
잎사귀가 찢긴 황금나무를 어루만졌다   52
미화정 산책   54
저도 많이 외로웠으리라   56
왼손으로 턱을 괴고 쪼그려 앉아 있는 바람   58
이팝나무 한 그루   59
달리는 바람   60
안개꽃 더미   62
홀황   64
거미   66
바람의 본적   68
돼지   69
바람의 손   70
잎새들   72
그냥 그렇게   74
각시탈   76

제3부 더러운 피

허공   79
오색딱따구리   80
돌과 바람의 시   82
4월   84
자꾸만 찾아오는 시   86
대나무 평상 위에 누워   88
모기   90
철없는 바람이라니   91
꿈   92
시냇가 버드나무 가지처럼   94
바람아   96
물과 돈   98
미친바람   100
부자 되세요   102
바람의 문자   104
구름바다   106
더러운 피   108
다이너마이트   110

제4부 도선사 근처

나무, 나무, 나무   115

도선사 근처   116

오렌지 두 개   117

평사리 들판   118

바람의 칼   120

그렇지 세상, 온몸으로   122

절골집 공부   124

싸락눈, 대성다방   126

조국   128

매미   129

바람의 집   130

연꽃을 밟으며 당신은   133

내게는 늘 귀했다   134

촛불 속에는   136

바람의 파수꾼   138

매화꽃 언덕   140

무등북   142

창공   144

해설 | 김종훈   145

제1부

거친 귀

소나무 자식

제석산 산책길, 남 다 보는데도
버젓이 소나무와
관계하는 사람 있다

젊고 튼튼한 소나무를 끌어안고
가슴께, 아래께를
콩콩콩 찧는 사람 있다

소나무의 가슴께, 아래께가 반질반질하다
이 사람, 머잖아
소나무 자식 낳겠다

너무도 푸르고 싱싱한 이 사람
이미 굳세고 강건한
소나무 자식이다.

앵남역

앵남역은 역이 아니다
역사가 없으니까
대합실이 없으니까
그래도 기차는
하루에 두어 번쯤 멈추고 떠난다

앵남역에는 역이 없다
역무원도 없고
역장도 없다
그래도 손님은
하루에 두어 명쯤 내리고 탄다

내리쬐는 땡볕도 외로운 철로가
두어 그루 지쳐빠진
감나무들 사이
서너 개 낡아빠진
시멘트 벤치들 사이

아무렇게나 널브러져

온종일 졸고 있는

우유 봉지 하나, 빵 봉지 둘!

봄바람, 은여우

봄바람은 은여우다 부르지 않아도 저 스스로 달려와 산언덕
위 폴짝폴짝 뛰어다닌다

은여우의 뒷덜미를 바라보고 있으면 두 다리 자꾸 후들거린
다

온몸에서 살비듬 떨어져 내린다

햇볕 환하고 겉옷 가벼워질수록 산언덕 위 더욱 까불대는
은여우

손가락 꼽아 기다리지 않아도 그녀는 온다

때가 되면 온몸을 흔들며 산언덕 가득 진달래꽃 더미, 벚꽃
더미 피워 올린다

너무 오래 꽃 더미에 취해 있으면 안 된다

발톱을 세워 가슴 한쪽 칵, 할퀴어대며 꼬라지를 부리는
은여우

그녀는 질투심 많은 새침데기 소녀다

짓이 나면 솜털처럼 따스하다가도 골이 나면 쇠갈퀴처럼
차가워진다

차가워질수록 더욱 재주를 부리는 은여우, 그녀는 발톱을

숨기고 달려오는 황사바람이다.

물오리

—L.T.J

공주 새이학 식당 근처
금강가 언덕, 물오리 한 마리
뒤뚱뒤뚱 걸어가고 있구려
새끼오리들 데리고
풍덩, 강물 속으로 뛰어들고 있구려
늙어가는 저녁볕
더욱 찬란하거늘
강물 위 조용히 떠 흐르고 있구려
더러는 자맥질해
눈뜬 물고기들 잡기도 하는구려
당신 따라 새끼오리들도
자맥질하는구려
그것들도 물고기들 잡으려
강물 속 진흙 말 끌어안고 있구려
공주 금강가 언덕
모처럼 착하고 아름답구려
이 모든 것들 위해

물오리 한 마리,
물속의 발갈퀴 재빨리 휘젓고 있구려.

골짜기에 나자빠져 있는 바람

한 십 년 골짜기에 나자빠져 있는 바람
팍, 시르죽어 있는 바람
내내 지랑풀 한 잎 날리지 못한다

더는 등을 밀어줄 향단이가 없어
기껏 그는 나나니벌 따위처럼
깊은 골짜기에 갇혀 붕붕거린다

물은 아래로 흐르기라도 하는데
아지랑이는 위로 날기라도 하는데

골짜기 한구석에 쪼그려 앉아 있는 바람
그는 주섬주섬 쑥이나 뜯고 있다
우두커니 산마늘 따위나 캐고 있다

한 십 년 마음을 갈고 닦고 있는 바람
태풍의 꿈은 다 접었는가

그냥 곰의 마음으로 살고 있는가.

江돌

길음뉴타운 푸르지오 아파트 단지
촘촘한 시멘트 숲이다
검은 시멘트 숲을 거닐다가 주은
희고 뽀얀 江돌
어쩌다가 여기까지 왔나
손에 넣고 조몰락거리다 보니
이내 따뜻해진다
둥글고 납작한 놈
한때는 이빨 꽉 다물고
제 몸 흐르는 강물로
둥글게 깎았으리라
강가라면 멋지게 물수제비라도
뜨고 싶은 놈
여기 길음뉴타운 검은 시멘트 숲에는
손들어 힘껏 던질 곳 없다
몇 번씩 고개를 들어 둘러보아도
검은 아파트들로

빽빽한 시멘트 숲……

손 안에 넣고 조몰락거릴수록

가슴 자꾸 폭폭해지는

희고 뽀얀 이 놈, 江돌을 어쩌나.

생각

생각이 문제다 생각이 나를
늦으로 사막으로 초원으로 숲으로 거리로 사무실로 시장으
로 끌고 다닌다
질척이는 늪에 빠져 있다는 생각
거친 사막에 내던져져 있다는 생각
드넓은 초원에 버려져 있다는 생각
더러는 무념무상으로 숲 그늘에 자리를 펴고 누워 졸고
있다는 생각이 들 때도 있다
그런 때는 어지럽지 않다
그런 때는 아프지 않다
그런 때는 슬프지 않다
생각은 제비의 날개를 갖고 있다
수직을 수평을 원을 그리며
나를 끌고 이곳저곳으로 날아다닌다
생각이 나를 숲이 아니라 도시의 거리로 사무실로 시장으로
몰고 갈 때는 조금 버겁고 힘들다
북적대는 거리에 팽개쳐져 있다는 생각

서류로 가득한 사무실에 갇혀 있다는 생각

몇 푼 벌기 위해 정신없이 사람들에게 쫓기고 있다는 생각

더러는 아무런 생각 없이 내 방 침대에 누워 시집을 읽고 있다는 생각이 들 때도 있다

그런 때는 입안이 달콤해진다

그런 때는 가슴이 따뜻해진다

그런 때는 온몸이 부드러워진다

어떤 생각을 해야 하나 무슨 생각을 해야 하나

생각이 문제다 생각 밖에서 늘 제멋대로 떠돌고 있는 생각이라니!

바람이 좋아하는 것

멈춰 있으면 바람이 아니다 움직이는 바람, 달리는 바람,
튀어 오르는 바람, 휘몰아치는 바람……

이 부잡스러운 녀석이 좋아하는 것은 계곡이다 틈이다 구멍
이다

점잖게 여백이라고도 부르는 구멍을 향해 부지런히 제 몸을
던져 넣으면서 바람은 바람이 된다

구멍 속에는 무엇이 있나 구멍 속에는 식량이 있나 사랑이
있나

바람도 먹기 위해 달린다 바람도 사랑하기 위해 달린다

어떤 바람은 늦게 달리고 어떤 바람은 빨리 달린다 생명
있는 것들은 다 달린다 생명 없는 것들도 달린다

달리는 바람, 솟구치는 바람, 바람은 빠르게 변하고 바뀐다
멈춰 있으면 바람이 아니다.

끈

너와 내가 이처럼 질긴 끈으로 묶여 있다니

그저께 저녁 네가 와락 끈을 잡아당기기 전까지는 까마득하
게 몰랐다

팽팽해진 끈을 네가 별안간 잡아당겨 몇 걸음 끌려가면서야
겨우 알았다

어제 아침에는 왜 내가 갑자기 끈을 잡아당겼을까

불쾌한 낯빛을 지으며 너는 몇 걸음 끌려왔다

뜻밖의 일들로 끌려가고 끌려오면서 너와 나는 점차 얼굴을
붉히기 시작했다

누가 너와 나를 이처럼 질긴 끈으로 묶어놓았을까

옷이, 밥이, 잠자리가

끈을 의식하자 자꾸 생활이 불편해지기 시작했다

늘 조심을 해도 너와 나는 끌려가거나 끌려와야 했다

당연히 나는 나와 너를 묶고 있는 끈이 싫었다

오늘 아침이었다 잠을 깨고 보니 뒤엉켜 있는 끈이 급기야
내 목까지 조르고 있었다

답답했다 어쩔 줄 모르고 있었는데

네 목도 조르고 있었을까 벌컥 화를 내며 너는 문득 칼을
꺼내 내 목을 쳤다

　어어, 칼을 꺼내 내 목을 치다니

　정작 땅바닥에 떨어져 나뒹구는 것은 내 목이 아니라 네
목이었다.

금요일의 바람

어느새 금요일 오후다 바람은 또다시 어디론가 날아올라야
한다 한심한 운명이라니

생각만 해도 피곤해 숙소로 돌아와 잠시 눈을 붙이는 바람,
잠이 직소폭포처럼 쏟아진다 침대를 흥건히 적신다

문득 이렇게 시르죽는 바람

잠에 빠져 둥둥 떠 흐르면서도 바람은 매미날개 같은 자신의
꿈을 부풀린다 다시 또 날아오를 준비를 한다

먹이를 찾아, 가족을 찾아 이내 잠 깨어 외출복을 챙겨
입는 바람, 금요일 오후만 되면 바람은 이처럼 어디론가 날아올
라야 한다

나뭇잎을 흔들며, 골목을 흔들며 서둘러 광주역 광장을
향해 치달려가는 바람, 바람은 오늘도 고속열차를 타고 서울로,
대전으로 날아오르는가

벌써 금요일 오후다 바람은 다시 또 어디론가 날아올라야
한다 날아오르는 것이 제 운명이므로

언제인가는 사막의 한복판에 콱, 쑤셔 박힐지라도.

봄바람

봄바람은 둑길가의 민들레 씨앗털이다
등 떠밀지 않아도 절로 날개를 파닥거린다

민들레 씨앗털은 지금 촉촉이 젖고 있다
초록강아지들 흥건히 껴안고 있다

민들레 씨앗털, 새색시 부푼 젖가슴이여
아직도 초록강아지들 젖먹이고 있고나

새색시 부푼 젖가슴, 봄바람이여
너로 하여 세상 환히 꽃 피고 있고나

봄바람은 하느님의 낮고 작은 숨결이다
소리치지 않아도 세상 찬찬히 열어젖힌다.

쥐똥나무 울타리

쥐똥나무 울타리를 만들자

가시철망 촘촘히 두르고 서 있는, 시멘트 벽돌로 쌓아올린 담장, 이제는 다 허물어버리자

쥐똥나무 울타리를 만들자

쥐똥나무 울타리에는

아침 햇살 환하게 피어오른다 울안 가득 참새 떼 날아오른다

느릿느릿 시궁쥐며 두더지도 드나들고, 굼실굼실 도둑고양이며 족제비도 드나드는 곳

쥐똥나무 울타리를 만들자

쥐똥나무 울타리 아래에는

봉숭아꽃, 맨드라미꽃도 심어보자

채송화꽃, 앵초꽃도 심어보자

해거름의 나주볕이 환하게 내려오기 시작하면 손나팔을 불며 저녁때를 알리는

분꽃도 심어보자 하늘 높은 줄 모르고 솟아오르는, 시멘트 벽돌로 쌓아올린 담장

이제는 다 허물어버리고

쥐똥나무 울타리를 만들자

쥐똥나무 울타리 안에서는

옥수수 삶는 냄새 구수하게 들려온다 식구들 모여 도란도란

옛이야기를 나눈다.

바람의 발톱

바람은 새인가 날개를 편 채
바쁘게 날아다니는 바람
바람의 날갯짓은 너무 빨라
사람의 눈에는 잘 보이지 않는다
바람의 깃털은 너무 얇아
알기가 어렵다 달려 있는지 어쩐지
순식간에 당신의 눈앞을
스쳐 지나가는 바람
바람도 지치면 나뭇가지 위나 풀잎 위
철푸덕이 내려앉는다 서둘러
치마폭으로 발톱을 감추는
바람의 마음이 붉다 검붉다
자신의 생채기를 감추기 위해
자신의 고통을 지키기 위해
한때는 바람도 제 발톱
날카롭게 가꾼 적 있다
지금은 제 발톱에 보랏빛 매니큐어

예쁘게 칠하고 있다

손톱 또한 보랏빛으로 가꾸고 있는

바람은 지금 스물두 살 새색시인가

날개를 접고 사뿐사뿐 잔디 위

걸어 다니는 연둣빛 바람

두 뺨도 연둣빛이고

두 종아리도 연둣빛이다

접혀 있는 속날개의 깃털은 노랗다.

거친 귀

오늘 밤도 장맛비로 세상 구죽죽하다

외곽도로를 뭉개며 달려가는 자동차 소리, 창칼을 휘두르는
소리처럼 차고 시리다

자정이 넘었는데, 첫새벽이 오고 있는데 온갖 소리들이
끊이지 않는다

소리들이 왁작대며 빗속을 밀려왔다가 밀려간다

그때마다 속이 뒤집힌다

저 소리들이 속을 뒤집는 것은

마음을 활짝 열어젖히지 못하는 귀 때문이다

순해지지 않는 귀

투박하고 거친 귀

이런 귀가 어찌 소리들의 내력을 다 알아듣겠는가

쪽빛 하늘을, 하늘에 떠 있는 구름을, 순식간에 쏟아져 내리
는 소낙비를, 소낙비에 젖어 질척이는 흙을……

투박하고 거친 귀는 아직도 떨림판을 갈고 있다

빗방울 소리 한 점만 떨어져도 귀는 천둥이 치고 벼락이
치는 소리인 줄 알고 화들짝 놀란다

허연 파뿌리를 흩날리며

너무 늦게 늙는 밤, 오늘 밤도 나는 동구 밖으로 나가 소리들 속으로 오는 첫새벽을 기다린다

어린 발자국 소리를.

지쳐빠진 바람

초여름이 가까워지면 바람도 그만 지친다 지친 바람은 찢어진 고무풍선처럼 아무데서나 흐물흐물 눕는다

쌈지공원 후미진 벤치 위, 노숙자로 누워 잠든 바람, 지금 그는 부처님처럼 맨발이다 흉터투성이의 맨발에는 반쯤 벗겨진 낡은 구두가 풍경처럼 덜렁대고 있다

해가 설핏해져야 벤치 위에서 몸을 일으키는 바람, 이윽고 그는 옷깃을 여미며 쌈지공원을 나선다

때가 되어 먹을 것을 찾아나서는 바람, 오늘도 그는 쌈지공원 근처의 뒷골목을 헤매는 도둑고양이가 된다

지쳐빠진 바람, 시간 속을 흐르다 보면 그만 그도 늙는다 꼬부라지는 허리를 두드리며 찢어진 낙엽처럼 길바닥에 나뒹굴고는 한다

나뒹굴다가는 변두리 뒷골목 쓰레기 더미 속에 처박히고
마는 바람, 그래도 그는 아직 회오리로 이 세상 거칠게 몰아칠
때가 오리라고 믿는다.

바람의 이빨

어떤 바람은 깨진 사기조각이다
얼굴 가득 각진 이빨뿐이니까

어떤 바람의 송곳니는 빨갛다
황혼의 하늘 온통 물어뜯으니까

바람의 이빨이여 네가 나타나면
살아있는 것들 다 겁먹는다

어떤 바람은 봉두난발의 떼거지다
멋대로 이곳저곳 몰려다니니까

어떤 바람은 페스트 바이러스이다
순식간에 목숨 내놓아야 하니까

바람의 이빨이여 이 땅의 풀밭
모조리 먹어치우는 메뚜기 떼여

어떤 바람은 잘 익은 벼의 친구다
들판에 앉아 휘파람 불어대니까

어떤 바람은 고소하게 구운 술안주다
입 안 가득 군침 돌게 하니까.

절개지

　생명의 풍경들 죄 사라져버린 곳, 존재의 이미지들 다 파괴되
어버린 곳, 풀들, 나무들, 꽃들 죄 떠나버린 곳
　한때는 산책하는 발걸음들
　초록빛 풀잎사귀로
　꾀꼬리 울음으로 감싸 안던 곳
　솔향기로 찔레 순으로
　부푼 씨앗털로 끌어안던 곳
　이제는 색깔도 보이지 않고, 소리도 들리지 않고, 냄새도
나지 않고, 씹어도 맛이 없고, 만져도 감촉이 없는 곳, 풀들,
나무들, 꽃들 대신 거대한 기계의 이빨 자국만 겁나게 널브러져
있는 곳
　넘치던 다래와 으름과 머루 대신
　발목까지 푹푹 빠지는
　검붉은 황토 더미만
　불도저의 굉음 더미만 쉬지 않고 깝죽대는 곳
　직사각형의 괴물들만 다투어 번식하는 곳, 괴물들 사이
차가운 독사새끼들만, 시린 바람새끼들만 몰려다니는 곳

다리

민들레 샛노란 꽃들 지고
화들짝 꽃솜들 피어난다.
민들레 꽃솜들에게는
다리가 달려 있다
꽃솜들의 다리는 바람……
바람 다리가 달려 있는
민들레 하얀 꽃솜들
하늘, 가득 날아오른다

잘 익은 해 그만 땅으로 떨어진다.
광화문 시청 청계천
오조조 별들 뜬다 촛불별들
아직 어두운 촛불별들에게도
다리가 달려 있다.
그들의 다리는 사람……
사람 따라 촛불별들 걷는다
세상, 차츰 밝아온다.

제2부

달리는 바람

꽃

꽃이 사랑을 먹고 피는지를
몰랐다고, 이슬을 먹고 피는지를

아침 이슬이 마를 때까지
나비가 찾아오지 않으면
꽃은 시들어버리고 만다니까

아니야 아니야 벽오동나무
넓은 잎사귀마저 축축 늘어져버리는
텅 빈 땡볕의 여름 한낮

여름 한낮의 땡볕을 먹고
폭력을 먹고 피는 꽃도 있다니까
나비조차 날지 못하는 이 더위에

설마 그런 꽃이 어디 있으려고
무슨 꽃이 그렇게 피는데?

흔들의자

흔들의자가 있어야겠다
흔들리는 세상
더욱 흔들리기 위하여

걸음 옮길 때마다
끊임없이 흔들리는
저 마음들 보아라

흔들의자가 있어야겠다
흔들리는 세상
더는 흔들리지 않기 위하여!

제가 누구인지 모르는 바람

제가 바람인지 모르는 바람이 있다 정오가 될 때까지 바람은
질펀하게 자취방에 퍼져 잔다

잠들면 허공에 떠 있는 독수리처럼 고요한 바람

공허가 무엇인지 체험하고 있는 걸까 죽음이 무엇인지 깨닫
고 있는 걸까

마른수건처럼 구겨진 채 침대 위에 팽개쳐져 있는 바람

극장식 커튼이 내려져 있는 어두운 자취방에 그는 지금
화장실의 두루마리 휴지처럼 유폐되어 있다

제가 누구인지 모르기 때문일까 때 절은 베개에 얼굴을
묻은 채 그는 여태 시간 밖의 일들에 취해 있다

존재하지 않는 공간에 살고 있기 때문일까

아무렇게나 널브러져 있는 바람의 몸이 차다 머리와 가슴과
손과 배와 허벅지와 종아리와 발바닥이 차다

푸른 정맥을 드러낸 채 시간 밖의 삶을 살고 있는 바람

쉰이 넘도록 제가 누구인지 모르는 철부지 바람이 지금
자취방에 퍼져 잠들어 있다.

잎사귀가 찢긴 황금나무를 어루만졌다

아직 밤 10시였다 술에 취해 자꾸만 높아지는 목소리를 인사동에 버려둔 채 나 혼자 집으로 향했다

싸우기 싫었다 사람들에게 너무 많이 시달려 오늘 밤 소란보다는 내일 아침 고요가 그리웠다

일 년 전에는 술에 취해 자꾸 높아지던 목소리가 이곳에 나를 버려둔 채 저 혼자 집으로 갔다

그가 버린 일 년 전의 말들이 여태 가슴에 남아 있기 때문일까 내 속에서 크는 황금나무는 오늘도 가지가 부러지고 잎사귀가 찢겼다

꽃은 아직 멀쩡했지만 황금나무는 저녁 내내 진한 몸살을 앓았다 몸살을 앓게 한 것은 나무 때문이 아니라 황금 때문이었다

황금 때문이 아니라면 나무가 어찌 그리 나를 힘들게 하겠는가

시내버스가 삼선교를 지날 때까지도 나는 잠에 빠진 듯 눈을 감고 있었다

돈암동에서 버스를 내려 터벅터벅 산언덕을 기어오르며

나는 내게 물었다 가지가 부러지고 잎사귀가 찢긴 나무가
피워 올리는 꽃은 얼마나 초라한가

걸핏하면 가지가 부러지고 잎사귀가 찢기기 때문일까 황금
나무는 황금알을 맺을 시늉조차 하지 않았다

잎사귀가 실하지 않으면 꽃도 실하지 않았다 꽃이 실하지
않으면 열매도 실하지 않았다

어느새 자정이 침실의 창문을 두드리고 있었다

어린 새벽의 발자국 소리를 들으며 나는 거듭 내 속에서
크는 가지가 부러지고 잎사귀가 찢긴 황금나무를 어루만졌다.

미화정 산책

하릴없는 주말 오후다 창밖의 철 늦은 가을볕, 떨어져 쌓이는
은행잎처럼 노랗다
온종일 어디에서도 전화 한 통 걸려오지 않는다
눈 들어 멀리 파도치는 산들이나 바라보다가 무겁게 가라앉
는 몸 일으켜 겉옷을 걸쳐 입는다
진제마을 한 바퀴 돈 다음 천천히 미화정 쪽으로 발걸음을
옮긴다
벌써 서리가 내려 길가의 콩잎들 시르죽어 있다
미화정 마루 위에는 여전히 빈 소주병들 나뒹굴고 있다
저 슬픔들이라니 가슴께에서 울컥, 올라오는 것이 있다
담배 한 모금 길게 내뻗으며 거기 엉덩이 들이밀고 철퍼덕
주저앉는다
문득 낯선 사내 얼굴 하나 떠오른다 비닐봉지 안에 소주병
두어 개 숨겨와 저 혼자 홀짝거리고 있는 사내의 얼굴
주저앉아 있는 미화정의 마룻바닥 위로 식어버린 사내의
온기가 되살아난다

저무는 들녘의 가을볕, 흩날리는 단풍잎처럼 환하다

조금쯤 가벼워진 몸을 움직여 집을 향해 발걸음 내딛는다

아직도 집은 텃새처럼 마을 밖으로 날아오르지 못한다 서녘
하늘의 저녁놀은 오늘도 오래 머물지 않는다.

저도 많이 외로웠으리라

하루의 노동을 마치고 14층짜리 공중무덤 납골당으로 돌아
가는 길이다

길가 생맥주집 앞에 누워 있던 푸르른 평상이 벌떡 일어나
반갑다고 내 손을 마주잡고 흔들어댄다

오늘 하루 저도 많이 외로웠나 보다

엉덩이를 내밀며 좀 깔고 앉아 쉬었다 가라고 보챈다

생맥주집 안의 늙은 바람도 달려 나와 나를 끌어안고 등허리
를 토닥여준다

공중무덤 텅 빈 납골당으로 돌아가 보았자 누가 날 기다리고
있겠는가

푸르른 평상이며 늙은 바람도 이를 잘 알고 있어 지금 내
손을 마주잡고 흔드는 것이리라

…… 푸르른 평상의 엉덩이를 깔고 앉아 늙은 바람과 주고받
는 생맥주 맛이 쓰다

안주로 씹고 있는 멸치 대가리의 맛도 쓰다

더는 해찰하면 안 된다 그새 늙은 바람도 나와 놀아주지
않는다

이제는 집으로 돌아가야 한다 눈 딱 감고 용기를 내야 한다

이 마음을 잘 알고 있는 길가의 황매화가 귓불 가까이까지
다가와 혀를 끌끌 차댄다

그만 돌아가야지 돌아가지 않으면 14층짜리 공중무덤 텅
빈 납골당 저도 많이 외로우리라.

왼손으로 턱을 괴고 쪼그려 앉아 있는 바람

여름의 문턱에 쪼그리고 앉아 척하니, 왼손으로 턱을 괴고 있는 바람, 바람도 고뇌에 빠질 때가 있다

저기 자꾸 고개를 갸웃대고 있는 바람을 보아라

해는 지고, 달은 뜨고 마음 급한 밤꽃 향기가 바람의 가슴을 자꾸 하늘로 밀어 올리고 있다

무엇이 바람으로 하여금 여름의 문턱을 넘지 못하게 하는가 저녁 어스름이 내려와야 제 몸을 움직이게 하는가

땅거미가 밀려들자 턱을 괴고 있던 왼손을 털고 일어나 먼 하늘을 바라보는 바람……

한 걸음 여름의 문턱을 넘어서고 나서도 바람은 미처 제 가슴 가득 차오르는 밤꽃 향기를 털어내지 못한다

멈칫멈칫 아직도 여름의 문턱을 넘어서지 못하는 바람, 무엇이 그를 이토록 주춤거리게 하는가

때가 되면 그래도 바람은 다시 서울의 콘크리트 광장 파랗게 물들이리라 여인들의 옥죈 가슴 화들짝 열어젖히리라

그때까지는 바람도 어쩔 수 없다 왼손으로 턱을 괸 채 고뇌에 빠져 있을 수밖에 없다.

이팝나무 한 그루

들깨 모종이라도 하는가 산비탈 밭두렁 가
늙어빠진 이팝나무 한 그루
머리에 하얀 무명수건 뒤집어쓴 채
흙바닥에 엎드려 무언가 꼼지락대고 있다
멀리서 바라보면 잔설처럼 희고 깨끗하다

와락, 싱그러운 향기 밀려온다
가까이서 바라보면 흰 무명수건 속
검은 머리칼, 성글고 드물다
조바심으로 하얗게 타버려
가슴부터 항문까지 뻥, 뚫려 있다

오늘도 밭일에 쫓기고 있는 이팝나무 한 그루
그녀의 부푼 가슴에 기대어
쟁기질하던 암소도, 암소를 몰고 밭 갈던 농부도
둥근 무덤에 든 지 이미 오래다 봄바람
자꾸 이팝나무 잔가지 흔들어대고 있다.

달리는 바람

바람에게는 밤낮이 따로 없다
광주발 서울행 심야고속전철을 탄 것도
그 때문이다 서울을 향해 달리는 바람
심야고속전철 안에서도 바람에게는 쉴 틈이 없다
짓이 나 책읽기에 깊이 빠져 있는 바람
심야고속전철 안, 너무 환해
잠 이루지 못하기 때문일까
오늘도 바람은 조금 들떠 있다
어디서 폭탄주라도 마신 것인가
줄곧 어깨를 으쓱대는 바람
때로는 숨이 차오르기도 하지만
아직도 바람은 팽팽한 심장을 갖고 있다
그런 마음으로 내일은
서울발 광주행 심야고속전철을 타야 한다
무엇이 그를 이처럼 달리게 하나
돈이 되면 못 갈 곳이 없기 때문인가
바쁘고 분주한 한 주가 지나면

그는 다시 또 광주발 서울행
심야고속전철을 타야 한다 바늘 꽂을
틈만 보여도 서둘러 스며드는 바람
젖어드는 바람, 끝없이 떠돌아야
직성이 풀리는 그에게는 도무지 쉴 틈이 없다.

안개꽃 더미

아는 것이 힘이라고, 모르는 것이 약이라고
아는 것이 어디 있기라도 하니
모르는 것이 어디 있기라도 하니

우르르 몰려다니는 안개꽃 더미, 이미지
벌떼처럼 몰려다니는 안개꽃 더미
세상은 안개꽃 더미지 흐리고 뿌옇지

안개꽃 더미가 세상을 바꾸지 이미지가
세상을, 시간을 밀고 다니지 달빛처럼

한 생애의 어제와 오늘과 내일이
여기 모여 있지 환상덩어리가 그것을 끌고 다니지
한 생애는 환상덩어리지 흐리고 뿌옇지

모르는 것이 약이라고, 아는 것이 힘이라고
모르는 것이 어디 있기라도 하니

아는 것이 어디 있기라도 하니?

홀황

—공주 의당 금동보살 입상

온몸에서 금동빛 햇살이 피어오르지

왼쪽으로 약간 젖혀진 머리에는

三面寶冠^{삼면보관}이 씌워져 있고

얼굴은 네모반듯하지

눈과, 코와, 입은 크고 시원하고

지그시 감겨 있는 눈, 오뚝하게 불거져 있는 코, 살며시

웃음 띠고 있는 입

목에는 긴 목걸이가 걸려 있지 목걸이와 연결된 구슬 띠는

가슴까지 내려와

양 무릎으로 이어져 있고

배꼽 근처에서 교차되는 구슬은

따뜻한 장식을 이루고 있지

양 어깨로부터 흘러내려오는 얇은 옷은

아랫배 근처에서 교차되고

오른손은 가슴까지 들고 있지 밖으로 내민 오른손 손바닥에

는 연꽃 봉오리 살며시 들려 있고

무릎까지 내려온 왼손에는 조그만 寶瓶^{보병}이 들려 있지

그가 서 있는 둥근 대좌에는
여덟 장의 연꽃무늬가 새겨져 있고
이것들 다 백제 때의 홀황이지
그때 이래 쉬지 않고 흘러내려온
지금 생의 오랜 열망이지!

거미

거미는 외로운 황제다 숲가에 쳐놓은
그물에 걸리는 먹이만 먹는다
이슬이 내려 그물이 젖기라도 하면
중천에 해가 오를 때까지 굶는다
오래 굶어야 하는 마음
어루만지기 위해
거미는 저 혼자 줄 타는 재주를 부린다
그물에 걸려 있는 이슬방울들
활활 털어낼 줄조차 모르는 거미
날개가 없어 그는 땅벌처럼 날지도 못한다
개미처럼 튼튼한 발과 이빨을
갖고 있지도 못한 거미
거미는 깡통을 들고
먹이를 얻으러 길 나서지도 못한다
먹이를 찾으러 길 떠나지도 못한다
게을러빠진 거미
굶어죽어도 자존심을 잃을 수 없는

거미의 목덜미에는 커다란 혹이 달려 있다

거미는 혹이 커다란 아바이 동지다

가깝고도 먼 나라의 슬픈 황제다.

바람의 본적

바람은 어디서 불어오는가 바람에게도 고향이 있는가 태를 묻은 땅이 있는가 족보도 있고 혈통도 있는가 미풍으로 폭풍으로 눈보라로 순식간에 지구를 한 바퀴씩 도는 바람아 네게도 부모가 있는가 형제가 있는가 고향집 울안에는 오얏나무 푸르게 자라고 있는가 봄에는 개나리꽃 피고, 여름에는 맨드라미, 채송화 피는가 바람아 불어오는 곳이 어디인가 불어오는 곳이 있기는 한가 먼 하늘 속, 타는 태양 속 흑점을 뚫고 먹구름을 헤치며 바람아 지금도 불어오는가 흔들리는 갈대들의 허리를 꺾으러 오는가 꺾으면서도 고향을 그리워하는가 바람아 너도 어머니, 아버지가 보고 싶어 애 태우는가 주린 입술, 칭얼대는 눈망울 어린 누이와 아우들로 눈물 글썽이는가 딱하기도 해라 바람아 후끈 달아오른 고향의 사투리야 먼 바다, 은빛 물꽃 속에서 너는 불어오는가 매연으로 가득한 도시의 골목을 내달리며 함부로 지껄여대는 바람아 아무데서나 부풀어 오르는 고무풍선아 아직도 딱딱하고 단단한 막대기, 굵은 하지감자 따위 흔들어대고 있는가 헉헉 단내 나는 입김, 뜨거운 욕망으로 들끓고 있는가.

돼지

토끼라고 부르지 않고 돼지라고 부르는 짐승이 있다
염소라고 부르지 않고 돼지라고 부르는 동물이 있다
후미진 골목 끝 오래도록 숨어 살아왔기 때문일까
벌건 대낮에도 고개를 들지 못해왔기 때문일까
밤이 되어야 겨우 고개를 들며 배시시 웃는 돼지
부끄럽고 쑥스러워 몸을 외로 꼬며 짱구를 굴리는 돼지
언제부터인가 그가 뻔뻔하게 낯짝을 쳐들고 있다
을지로며 종로, 인사동이며 대학로를 활개치고 있다
눈 치켜 부릅뜨고 껌 짝짝 씹으며 어깨 떡떡 벌리며
허리 잘린 나라, 대한민국의 안방을 흔들어대고 있다
부끄러움이며 쑥스러움 따위 죄 잊어버린 돼지
더는 삼갈 것도 피할 것도 꺼릴 것도 없는 돼지
이제 그는 후미진 골목 끝에 납작 엎드려 살지 않는다
밤이 되어야 겨우 고개를 들고 배시시 웃지 않는다
벌건 대낮에도 그는 온몸에 황금을 칠하고 걷는다
초저녁 어스름에도 그는 푸른 배춧잎 이불을 덮고 잠든다.

바람의 손

1

바람의 손에는 산부인과용 비닐장갑이 끼어 있다

몰아치는 제 몸의 열기에 취해 논두렁 건달처럼 좌우로
몸을 흔드는 바람

활짝 피고 있는 꽃의 자궁 속으로 쓰윽 비닐장갑 낀 제
손을 집어넣는 바람

손을 집어넣고 마구 휘저어대는 바람

조류독감처럼 빠르게 밀려들어오는 바람의 손과 마주치면
꽃의 태아는 겁에 질려 울지조차 못한다

금세 시체가 되어 끌려 나오는 꽃의 핏덩이를 보아라

스쳐 지나가기만 해도 바람의 손은 메뚜기 떼의 이빨처럼
무엇 하나 남기지 않는다

2

순식간에 로봇으로 변하는 바람의 손에는 날카로운 쇠갈고
리가 들려 있다

꽃은 피워 보지도 못한 채 열매부터 밀어 올리는 무화과

무화과의 과육에까지 콱, 박히는 쇠갈고리의 괴성이 세상을
퍼렇게 흔든다

어느새 무쇠장갑차로 바뀌어 사막을 질주하는 바람의 손

이내 전투기로 변해 하늘로 날아오르는 바람의 손

순식간에 따뜻한 남쪽 하늘을 검고 칙칙하게 덮어버리는
싸가지 없는 바람의 손

일만 달러짜리 미화처럼 사납다 이라크에 파병된 미군 병사
들처럼 무섭다.

잎새들

부는 바람에 떨어져 아스팔트 위로 나뒹굴고 있는 플라타너
스 찢어진 잎새들을 보아라
플라타너스 찢어진 잎새들 속에는
이 골목 선화미장원 우 씨 아줌마의 서러운 휘파람 소리가
들어 있다
마음까지 칙칙하게 물든 채 손을 흔들며 떨어지고 있는
골목 옆 흙바닥 위로 나뒹굴고 있는 감나무 잎새들을 보아라
감나무 찢어진 낙엽들 속에는
이 골목에 혼자 사는 중늙은이 세탁소 김 씨의 아픈 기침소리
가 들어 있다
그럼 너는, 흔해빠진 자전거도 타지 못하고 터벅터벅 걸어서
퇴근하는 너는 어떠니
뭐라고, 시궁창 속으로 떨어져 푹 썩고 있는 은행 알의
마음이라고
뭐라고, 실업으로 끓어 넘치는 이 세상에 아직은 직장이
있어 아프지 않다고
아프지 않은 사람이 어디 있니

생각해보면 네 마음도 부는 바람에 떨어져 차츰 흙이 되고
있는 가을 잎새겠지

　그럴수록 더욱 보아라 저기 저 가을 잎새들 속에는

　아플 때마다 네가 줄곧 속으로 외워온 관세음보살이 들어
있다 나무아미타불이 들어 있다

　너 혼자 몰래 키워온 오랜 다짐이 들어 있다.

그냥 그렇게

그냥 그렇게 노래하며 놀리 온갖 설움, 그것이 만드는 꿈이며
이상 따위 다 내려놓고 푸르른 창이 되리
　창이 되어 텅 빈 하늘이나 바라보리
　더러는 새하얀 뭉게구름도 바라보리
　다시 또 밤이 오더라도 더는 들뜨지 않고
　분노하지 않으리 어둠 속에서
　어둠을 딛고 반짝이는 별이나 바라보리
　그냥 그렇게 텅 빈 하늘이나 사랑하며 살리

　그냥 그렇게 놀며 노래하리 온갖 열정, 그것이 만드는 고통이
며 고뇌 따위 다 잊고 느리게 부는 바람이 되리
　바람이 되어 먼먼 허공이나 흘러 다니리
　서러운 세상, 지친 운명이나 실어 나르리
　폭우가 쏟아지더라도 더는 흔들리지 않고
　넘치지 않으리 황톳물 속에서도
　황톳물과 함께 오직 바람의 마음으로 떠 흐르리
　그냥 그렇게 탁한 세상이나 웃으며 살리

살다 보면 언제인가는 또다시 푸르른 목소리로
세상 사랑할 수 있으리 노래할 수 있으리.

각시탈

티내지 않으려고 씨익, 웃다 보니
웃는 모습, 어느새
일상이 되어버렸다

평범해지려고 씨익, 웃다 보니
웃는 표정, 벌써
익숙해져버렸다

웃는 얼굴아 상처받기 두려워
적의가 없다는 뜻으로
씨익, 웃는 마음아

눈에 띄지 않으려고 씨익, 웃다 보니
웃는 얼굴, 어느새
각시탈이 되어버렸다.

제3부

더러운 피

허공

세상은 벌써 눈 덮인
겨울 산, 겨울 하늘

눈 감으면 마음의 허공 한가운데로
어린 꾀꼬리 한 마리

파릇파릇 솟구쳐 오른다
길게 대각선을 그으며.

오색딱따구리

텅 빈 허공 속에서
오색딱따구리 한 마리
솟구쳐 오른다

길게 그어지는 대각선 저쪽에서
찬란한 풍경
나타났다가 사라진다

텅 빈 허공 속으로
희고 검은 구름
그윽하게 몰려든다

한바탕 회오리바람 불고
세상의 온갖 것들
화려하게 펼쳐진다

텅 빈 허공 속에서

오색딱따구리 한 마리
다시 또 솟구쳐 오른다

길게 대각선을 그으며
색즉시공 공즉시색 운다.

돌과 바람의 시

돌, 달, 둘은 무겁다 덜 수 없다 두껍게 가라앉는다 바람, 보람, 부럼은 가볍다 덜 수 있다 얇게 솟구쳐 오른다.

바람은 돌을 바라고, 돌은 바람을 바란다 바람은 모여 구름이 되고, 구름은 부서져 물이 된다

돌은 부서져 모래가 되고, 모래는 부서져 흙이 된다 흙은 모여 금이 되는데

돌과 달 사이에 둘이 있고, 바람과 보람 사이에 부럼이 있다 돌과 바람 사이에 불이 있고, 바람과 돌 사이에 물이 있다

물이여 불이여 너희들 사이에서 흙이 태어난다 흙 속에서 돌이 태어난다

돌이여 바람이여 너희들 사이에서 시가 태어난다 보아라

시는 금이다 반짝이는 보석이다 가슴에 박혀 빛난다.

4월

4월은 아직 봄이 아니다
잎새들 미처 다 피워내지 못하니까

저기 감나무 가지들의 끝
주둥이를 뽀짝대며 안달복달하는 것들

한바탕 꽃샘바람이라도 불면
뽀짝거리던 주둥이
꽉 다물어 버리는 잎새들

황사바람이 무서워
봄은 구들장 밑으로 숨는다

살구꽃, 벚꽃이 흐드러져도
봄은 굴뚝 위 겨우 고개나 기웃댄다

4월은 아직 봄이 아니다

잎새들 미처 죄 날아오르지 못하니까!

자꾸만 찾아오는 시

느닷없이 오늘 아침
또 한 편의 시가
낯빛 찡그리며 찾아온다
시는 왜 자꾸
찾아오는가
사람들 갈수록 살기 어렵다고 하는데
일자리를 구하지 못해
정의며 진리도 구하지 못한다고 하는데
그렇지 세상 아직
죽고 사는 일로 가득하지
세상 이처럼 캄캄하거늘
시는 왜 자꾸
찾아오는가
돈도, 밥도 되지 못하는 시여
오늘 점심에도 너는 또다시
화들짝 웃음을 터뜨리며
내 가슴을 파고드는고나

시름으로, 설움으로 가득한
시여 이 세상 나 혼자 다 어쩌라고
너는 왜 자꾸
찾아오는가
찾아와 나를 힘들게 하는가.

대나무 평상 위에 누워

감나무 아래, 대나무 평상 위에 다시 눕는다
눈 감았으면서 뜨고, 뜨면서 감는다
그러는 사이 감나무 잎새들
보이면서 보이지 않고, 보이지 않으면서 보인다
감나무 아래 대나무 평상 위에 누워 나는 지금 무엇을 기다리
고 있는가
홍시들이 떨어지기를 기다리는가
그늘이 펼쳐지기를 기다리는가
홍시들 사이, 그늘들 사이 푸르른 하늘이 나타나면서 사라지
고, 사라지면서 나타난다
하늘 가까이 새하얀 뭉게구름 몇 점도 그렇게 나타나면서
사라지고, 사라지면서 나타난다
있으면서 없고, 없으면서 있는 저것들 사이
언뜻언뜻 허공이 보인다
있으면서 없고, 없으면서 있는 저것들, 허공으로 솟구치면서
가라앉고, 가라앉으면서 솟구친다
허공이 만들면서 지우는 저것들

내게서 나가면서 내게로 들어오고 있다.

모기

너도 자학하고 있고나
남의 피나
빨아먹으며 살고 있다고

앵앵앵 울며
너 자신을
망가뜨리고 있고나

야야야 여린 가슴아

땀 뻘뻘 흘리며
너도 네
노동으로 살고 싶다고

작고 여린 날개를
파닥이고 있고나
악착같이 울고 있고나.

철없는 바람이라니

바람은 왜 그리 서울을 좋아하는가 온갖 소문에 몸 담근
채 조동이를 벙긋대고 싶은 것인가

옛 친구들 인사동 어디 모여 있기 때문인가 어린 자식들
돈암동 어디 공부하고 있기 때문인가

회오리로 몸을 비틀며 한바탕 놀다가 지친 바람
오늘은 고속전철 역방향 좁은 좌석 위에 잠들어 있다

서울이 태를 묻은 고향이라도 되는가
좌석에 몸을 기댄 채 코를 고는 모습이 안쓰럽다

바람은 아직도 제 꿈에 발목이 잡혀 있는 것인가 제 욕심에
허리춤까지 잡혀 있는 저 철없는 바람이라니

읽다 만 조간신문이 잠든 바람의 뺨을 덮고 있다 꼬불꼬불
에어컨 냉기가 시르죽은 바람의 뺨을 훑고 있다.

꿈

한때는 안개꽃 내일로 가득했던 마포경찰서 건너편 '자실' 사무실 근처였다

경찰서 뒤쪽으로는 '창비'와 '문지'의 사무실이 있었고, 거기 어디쯤의 허름한 식당에서였다

보신탕을 먹었던가 점심으로 보신탕을 먹고 이빨을 쑤셨던가

거리로 나와 몇 발자국을 걷다가 문득 깨달았다

겉옷을 어디 벗어 두었나 팬티와 러닝셔츠 차림으로 허둥대고 있었다

겉옷을 잃어버리다니 몰골이 말이 아니었다

종달새가 울고 있는데, 시를 쓰는 좋은 선배가 물끄러미 지켜보고 있는데

선배는 그때 왜 나를 지켜보고 있었을까 왜 겉옷을 잃어버린 내 몰골을 바라보고 있었을까

꿈이었지 봄날 아지랑이 떼처럼 젊음이 피어오르던 마포경찰서 앞에서였다

'자실' 사무실 근처, 거기 어디 식당에서였다

보신탕을 먹었던가 왜, 어떻게 겉옷을 잃어버렸던가 겉옷이
아니라 꿈을 잃어버린 것은 아닐까

　마포 어디쯤에서 미래를 키웠던가 희망을, 내일을 다독다독
가위질해 잘라냈던가

　그렇게 내 날개는 찢겨져버렸다 부러져버렸다 꺾어져버렸
다.

시냇가 버드나무 가지처럼

흐르는 물속에 내 더러운 몸, 풍덩 집어넣고 싶었다 시냇가의
버드나무 잔가지처럼 물속에 집어넣고

두 손으로 콱콱 비벼 빨고 싶었다 깡마른 종아리, 새치
많은 머리칼, 피 묻은 가슴까지

비애여 눈 뜨고 있어도 울컥울컥 목구멍 치밀고 올라오는
설움이여 잠시도 가만히 있지 못하고 허공중에 떠 흔들리는
마음이여

흔들리는 마음까지, 마음이 만드는 내일까지, 내일이 만드는
헛된 꿈까지 흐르는 물속에 풍덩 집어넣고 싶었다

시냇가의 버드나무 잔가지처럼 나를, 내 몸을 물속에 집어넣
고 콸콸, 방망이로 두드리고 싶었다

내일이여 눈 감으면 더욱 솟구쳐 오르는 꿈이여 시냇가의

버드나무 잎새처럼 흐르는 물 위로 하늘하늘 떨어져 내리는
절망이여.

바람아

바람아 너도 오랜 친구한테 뜻밖의 욕을 먹은 적이 있니

무슨 공적인 일로 통화하다가 엉뚱하게 욕을 처먹은 적이
있니

늦은 밤 서로 믿고 의지하던 친구한테 바람아 이 옹졸한
녀석아

오늘의 이 설움을 누구한테 말해야 하나

아무한테도 말할 수 없어 망연자실한 채 창밖의 캄캄한
밤하늘이나 쳐다본 적이 있니

대전으로, 서울로 떠나는 자동차소리 자꾸만 가로수 잎들
흔들어대는데

바람아 너도 옛 친구와 통화하다가 어쩔 줄 몰라 한 손으로
턱을 괸 채 한참 쪼그리고 앉은 적이 있니

다른 한 손으로는 이마를 짚기도 하면서……

누구한테도 말할 수 없어 동물원의 오랑우탄처럼 두 손으로
탕탕탕 가슴을 친 적이 있니

이마를 짚던 두 손으로 그렇게 가슴을 치며 마음을 가라앉힌
적이 있니

바람아 참고 견디는 시간아 내일이면 또다시 멀리 떠나고
말 아픈 사랑아.

물과 돈
—시장

시장은 물인가 높은 곳에서 낮은 곳으로 흐르는 물, 계곡이 되고, 시내가 되고, 강이 되고, 바다가 되는 물, 착한 '순이'가 되는 물, 착하게 들판을 굽이치는 물

물은 돈인가 낮은 곳에서 높은 곳으로 흐르는 돈, 구멍가게가 되고, 슈퍼마켓이 되고, 빅마트가 되고, 백화점이 되는 돈, 독한 손'아귀'가 되는 돈, 독하게 시장을 몰아치는 돈

끊임없이 올라가고 내려가는 것이, 승강하고 순환하는 것이 물이고 돈인가 시장 길을 따라 흐르는 돈, 들길을 따라 흐르는 물, 시장이든 들이든 돈과 물에게는 길이 있다

오늘도 돈은 시장 길을 따라 구르고 흐른다 상업이 되고, 산업이 되고, 은행이 되는 돈, 돈길을 터야 한다 그래야 돈이 넘치지 않는다 악마가 되지 않는다 물이 된다

물은 길인가 길이 되어 흐르는 물, 계곡이 되고, 시내가

되고, 강이 되고, 바다가 되는 물, 물길을 터야 한다 그래야
물은 돈이 된다 물이 된다

　물은 돈인가 수증기도, 구름도, 비도 돈, 소나기도, 폭풍우도
한꺼번에 세상을 삼키는 돈, 돈에 파묻혀 돼지새끼처럼 홍수에
떠내려가는 사람아 사람의 돈, 길아.

미친바람

어떤 바람은 아직도 지난 시대의 독재자들처럼 온갖 생명들
하늘로 휩쓸어 올린다 철없는 바람

이놈은 1980년대의 공안검사들처럼 구름나라의 생명들까
지 좌에서 우로 한꺼번에 밀고 다닌다

미친바람……, 그도 숲 속의 나무들까지는 어쩌지 못한다

잎사귀와 잔가지를 함부로 잘라내기는 하지만 나무들 전체
를 제집 안마당에 옮겨 심지는 못한다

숲 속의 나무들은 적당히 간격을 유지한 채 여전히 외롭고
높고 쓸쓸하게 서 있다

특별한 각오나 의지도 없이 당당하고 착하게 제 발밑에
어린 염소나 토끼 따위를 키운다

숲 속에 들어오려면 바람도 머리를 빗고 화장을 고치고
옷매무새를 다듬어야 한다

시원의 세계에 들어오려면 우선 들뜬 마음부터 가라앉혀야
한다

본래는 바람도 숲 속 나무들 사이에서 태어난 여린 풀잎이
아닌가

나무들 사이에서 자라 어른이 되려면 바람 저도 부드럽고 따뜻한 품성부터 가꾸어야 한다

어떤 바람은 아직도 지난 시대의 조폭 똘마니처럼 오른쪽 다리를 흔들며 왼쪽 생명들 다 제집 안마당으로 불러 모은다 한심한 바람

이놈은 지난 1980년대의 논두렁 건달처럼, 군바리처럼 벌판의 잡목들에게까지 세금을 걷는다

싸가지 없는 바람…… 쪼금쯤 영악해지면 안타깝게도 이놈이 세상의 역사를 만든다.

부자 되세요

햇빛을 팔아 돈을 벌 수 있을까
달빛을 팔아 돈을 벌 수 있을까

돈을 벌 수 있는데 무엇인들 팔아먹지 못할까 팔아먹기만
하면 돈이 되는데

바람의 가격을 1L당 얼마로 할까
구름의 가격을 1L당 얼마로 할까

상표만 붙이면 다 팔아먹을 수 있지 팔아먹을 수 있으면
죄 돈이 되지 돈이 되는데 무엇인들 팔아먹지 못할까

한강, 낙동강 개발도 그렇지
금강, 영산강 개발도 그렇지

물과 모래를 팔아먹어야지 팔아먹고 부자가 되어야지 부자
가 되고 싶은데 무엇인들 못할까

"국민 여러분! 부자 되세요"

"강남 여러분! 부자 되세요"

햇빛을 팔아먹으려면 하늘을 개발해야지 달빛을 팔아먹으려면 구름을 개발해야지.

바람의 문자

　바람은 느릅나무 속잎처럼 여린 내 가슴에까지 쳐들어와 온갖 아양을 떨고는 아무런 흔적도 남기지 않는다

　횡한 가슴, 텅 빈 비닐봉지 따위와 놀아준 것만으로도 감사하라는 뜻인가 바람은 깃털 날씬한 강남제비처럼 내 속주머니까지 톡톡 털어 가고는 입을 꽈악 다문다

　너무도 마음이 복잡한 바람, 바람의 말에는 문자가 없기 때문일까 낙서 한 조각 남기지 않고 사라져버린 바람을 만나려면 제석산 기슭에라도 찾아가야 한다

　제석산 기슭이라니 부처님들이 살고 있는 곳 말인가 여기 무명 부처님들 묘 등에 기대앉아 왼손으로 턱을 괴고 있으면 바람은 서서히 다가와 저 자신을 좀 보라고 보리수나무 잎사귀를 알싸하게 흔들어댄다

　이렇게 문자를 그려 자신을 드러내는 바람에게 구태여 나는 목소리까지 듣고 싶다고 말하지 못한다 변덕이 심한 그의 비위를 잘못 건드렸다가는 태풍의 함성으로 나를 뿌리째 뽑아 버릴지도 모르기 때문이다

　나는 아직 바람이 굴참나무나 피나무, 참식나무나 오리나무

의 잎사귀를 흔들며 만드는 문자를 제대로 읽어내지 못한다
내 마음 안에까지 들어와 함부로 까불어대는 꾀꼬리 목소리조
차 바로 알아듣지 못하거늘

　자리를 옮겨 여기 무명선사님들의 묘 등에 기대앉는다 문득
바람이 보리수나무 잎사귀를 흔들어 만드는 문자를 내가 옳게
읽어내지 못하는 것은 당연하다는 생각이 든다 이미 바람은
나 자신이 되어 있지 않은가

　봉두난발을 하고 내가 여전히 세상 안팎을 떠돌 수밖에
없는 것은 이 때문이다 언제인가는 내 가슴에도 저 벅찬 바람이
가득 넘쳐흐르리라는 것을 누가 모르랴

　바람이 내 안에 머물며 이런저런 문자를 남기는 동안만은
내 낡은 청춘도 어질어질 되살아나리라 끝내는 아무런 흔적도
남기지 않고 사라지고 말겠지만.

구름바다
—정취암 언덕에서

구름바다는 잿빛 옷을 입고 있다
잿빛 옷의 구름바다에게도 희망의 산은 있다

천도복숭아를 따먹다가
희망의 산에서 추방된 구름바다

구름바다가 들판을 헤매며 택한 형벌은
생사를 옳게 깨닫는 일

나뭇가지, 푸른 나뭇가지는
멧새처럼 날갯짓하며 푸른 생명을 키운다

나뭇가지, 검은 나뭇가지는
가위손처럼 버걱거리며 검은 죽음을 키운다

생사의 나뭇가지는 당신의 마음
가까이 다가올수록 검고 푸르다

가까운 것은 늘 먼 것을 꿈꾼다
생사의 나뭇가지는 지금 희망의 산으로 가고 싶다

생사의 바깥에서 저 스스로 꿈이 되는 산
이제는 잿빛 옷의 구름바다를 데리고 가고 싶다.

더러운 피

　가끔씩 가슴이 꽉 막히고, 머릿속이 징 어지러웠다 도무지 몸과 마음을 추스를 수 없었다
　왜 이러지
　왜 이러지
　그럴 때마다 잠시 눈을 감고 침대에 눕고는 했다 더러는 와락 잠에 빠져들기도 했다
　몸을 던져 잠에 빠져 있다가 깨어나야 겨우 몸을 바로 세울 수 있었다
　어떤 때는 손과 발에서 힘이란 힘이 다 빠져나가고는 했다 연필을 쥘 힘조차 없었다
　왜 이러지
　왜 이러지
　그럴 때도 눈을 감고 침대에 깊이 눕고는 했다 그렇게 쉬고는 했다
　이것이 다 더러운 피 때문이라니 더러운 피 때문이라는 것을 안 것은 훨씬 뒤였다
　더러운 피, 더러운 피는 달콤한 피였다

피가 단 것이 문제였다 피가 단 것은 내 몸에 살고 있는 꽃뱀 때문이었다

징그러운 꽃뱀, 지나치게 많은 꽃뱀은 지나치게 많은 욕망을 불러들였다

꽃뱀은 흔히 고기, 생선, 계란, 우유의 모습을 하고 몸속으로 들어왔다

그가 고기, 생선, 계란, 우유가 꽃뱀의 모습을 하고 내 피를 더럽히다니

어떻게 하나

어떻게 하나

감치는 입맛으로 꼬리를 치며 내 피를 달콤하게 더럽히는 꽃뱀이 나는 싫었다 미웠다 징그러웠다.

다이너마이트

1

그때는 광화문 네거리, 이순신 장군 동상 위에라도 후다닥
기어오르고 싶었다 세상 향해 투우 투투투우 기관단총이라도
갈겨대고 싶었다

기관총을 구하기 위해서라면 이미 막 내린 지 오래인 월남전
에라도 지원하고 싶었다

그는 늘 이렇게 억울했다 세상 한몫에 다 바꾸고 싶었다

그 마음 다 어디로 갔나 자꾸 침침해지는 안력을 위해 조금
전 그는 롯데 백화점 지하 독일안경점에서 돋보기를 맞췄다
퇴계로 쪽에서 흠씬 황사바람이 몰려왔다

스물네 살, 그때 그는 항상 불붙은 다이너마이트였다
친구들도 걸핏하면 톡톡 부러지는 약 오른 참나무 가지였다
아내는, 아내는 스물하나 설익은 방울토마토였다 그녀는
악착같이 원미섬유에 위장취업을 했다

2

그는 지금 종합청사 앞을 달리는 늘씬한 다이너마이트 속에
앉아 있다 운전기사에게 핸들을 맡기고 뒷좌석 깊이 몸을
묻은 채 속도계에 눈을 주고 있다

국회의사당까지는 불과 십여 분

양복 깃의 금배지를 내려다보는 그의 눈망울이 자신의 입술
을 비시시 옆으로 찢는다

비웃지 마라 클클클, 지난 1980년대는 누구나 다 순수의
물보라였다 저절로 흘러 넘쳤다 사람들 모두 들끓는 정의였다
무궁화꽃으로 만발했다

그는 이렇게 말하고 싶었다 더는 침묵하고 싶지 않았다

그래도 그때는 이 따위로 절망하지 않았다 처참하지 않았다
가슴 가득 백두산 천지의 물이 흘러넘쳤다

클클클, 느닷없이 다이너마이트가 웃었다 핸들이 웃었다

백미러가 웃었다 뒷좌석이 웃었다.

제4부

도선사 근처

나무, 나무, 나무

나무를 보면 생각난다 숲 속의 나무를 보면 나무, 나무,
나무, 나무……

나는 무, 나는 무, 나는 무, 아니아니 나는 無

나는 없다 나는 없다 아니아니 나무는 없다 나무는 없다

풀은 있고, 바위는 있고, 숲은 있고, 그렇게 상수리 열매는
있고

다람쥐는 있고, 수리부엉이는 있고, 숲은 없고, 바위는 없고,
풀은 없고

나무를 보면 떠오른다 숲 속의 나무를 보면

남무, 남무, 남무……, 남은 무, 남은 무, 남은 무, 南無,
아니아니 나는 無, 나는 없다 나는 없다

아니아니 나무는 없다 나무는 없다

개금 열매는 있고, 청설모는 있고, 살쾡이는 있고, 대답
없는 메아리는 있고

혼자서 던지는 늙은 화두는 있고, 아득히 스러지는 공장
굴뚝은 있고

어디에도 나는 없다 나는 없다 나는 없다 있으면서 없다.

도선사 근처

가쁜 숨 헐떡이며 기어오르는 산골짝이다

지친 몸 쉬기 위해 눈 들어 잠시 허공 바라본다

반짝이는 것들, 새인가 잎새인가

새이면 어떻고, 잎새면 어떤가

이미 저 스스로 새이고 잎새거늘

재잘대는 골짝 물속으로, 조각구름 내려와 젖고 있다

젖고 있는 것들, 구름인가 물고기인가

구름이면 어떻고, 물고기면 어떤가

이미 저 스스로 구름이고 물고기거늘!

오렌지 두 개

―N에게

제석산 산책로 근처, 반쯤 망가진 나무 벤치 아래, 부처님이
먹다 버린 오렌지 두 개 아무렇게나 나뒹굴고 있다

한 개는 햇볕에 말라 부서지고 있고
다른 한 개는 비에 젖어 썩고 있다

햇볕에 말라 부서지고 있는 오렌지는 먼지가 된다 먼지가
되어 떠돌다가 땅에 내려앉는다 내려앉아 흙이 된다

비에 젖어 썩고 있는 오렌지는 물이 된다
물이 되어 흐르다가 고여 말라 흙이 된다

흙이 된 것들은 다시 젖는다 젖은 흙이 되어야 새 생명
낳을 수 있다 거름이 되어야 새 생명 키울 수 있다

마르고 썩는 오렌지의 죄, 그만 내버려두어라
죄 없는 오렌지가 어찌 새 생명을 깨칠 수 있으랴.

평사리 들판

이곳저곳 기웃대며 해찰하다가
무리에서 그만 떨어졌을까

겨울이 훨씬 지났는데도
고향으로 돌아가지 못한 바람오리 한 마리

푸드득 날개를 치며
평사리 들판, 내려앉는다

산수유꽃 피고, 매화꽃 피고
자운영꽃까지 환하게 피는데

바람오리의 외로운 마음
누구도 어쩌지 못한다

무리들과 뒤섞여 살면
외롭지 않을까 벚꽃들 하얗게 망울 맺거늘

바람오리 한 마리

섬진강 건너 매화 꽃대궐 찾아
날개를 폈다가 접는다.

바람의 칼

　바람은 처음 사람들의 눈에 잘 띄지 않았다 사람들은 한바탕 흙먼지를 거느리고 불어올 때나 겨우 그를 알아보았다

　보통은 흙먼지보다 안개 더미를 몰고 다니는 것이 바람이었다

　안개 더미를 몰고 다니는 바람에 맞으면 늘 갈 길이 몽롱했다

　안개 더미를 몰고 다니는 것은 바람이 땅에서 살 때의 일이었다

　그때가 문제이기는 했다 사람들은 바람의 정체를 잘 알지 못해 자꾸만 불안해했다

　바람이 주로 사는 곳은 하늘이었다 하늘에 살 때는 천천히 뭉게구름을 밀고 다니며 유유자적했다

　그렇게 한가하게 사는 바람이 나는 좋았다 한때는 그것이 바람의 본 모습이라고 생각했다

　창틈으로 올려다 보이는 하늘에 사는 바람은 전혀 욕심이 없어 보였다

　청정하고 무구한 바람, 그때는 몰랐다 바람이 제 가슴에 엄청난 짐승을 키우고 있는 줄을

느닷없는 바람……, 별안간 울타리를 부수고 뛰쳐나온 바람이 미친 비를 몰아대며 땅에 내려와 꼬라지를 떨어대기 시작하면 도무지 어떻게 할 수가 없었다

바람이 폭우 속에서 양손에 칼을 들고 지랄을 떨기 시작하면 누군가는 꼼짝없이 피를 흘리며 땅바닥에 나뒹굴어야 했다

바람의 칼, 그의 칼을 맞고 피투성이로 쓰러진 적이 얼마나 많았던가

그런 날은 하루의 운세를 담고 있는 일진日辰만을 탓하기가 어려웠다

물에 젖은 두텁고 축축한 이불을 뒤집어쓰고는 깊은 우물 속으로 가라앉는 수밖에 없었다

가라앉아 발가락이나 꼼지락거리며 어서 빨리 날이 바뀌기를, 새 아침이 오기를 기다리는 수밖에는 없었다.

그렇지 세상, 온몸으로

세상이 아프니 내가 아픈 걸까 내가 아프니 세상이 아픈 걸까 아니아니 그냥 늙어가는 걸까

늙어 가는 것도 가는 거지 아파 가는 것도 가는 거지 생은 그냥 그렇게 가는 거지

그렇지 갔다가 다시 오는 거지 사람으로, 아니면 풀과 나무로, 새와 짐승으로

가자 생이 다할 때까지 가자 가라면 갔다가 오자 오라면 오자 오지 말라면 오지 말고

병원에 누워 천장을 바라보다가 이렇게 중얼거리며 이빨을 깨물어본다

아프다는 것은 사랑이 남아 있다는 것, 사랑이 남아 있다는 것은 삶이 남아 있다는 것

삶은 그냥 그렇게 한걸음씩 가고 오는 거지 그렇지 세상은
온몸으로 아픈 거지 아프게 껴안는 거지.

절골집 공부

절골집에 모여 무엇을 하자는 것인가 너무 뻔해 되묻지 않는다

사람들 모이기 전, 집 주위 한 바퀴 둘러본다

고추밭에서는 고추꽃이 피고, 풋고추가 크고, 가지밭에서는 가지꽃이 피고, 풋가지가 큰다

꽃상추는 어느새 대궁을 밀어 올려 다음 해를 준비하고 있다

시간이 되어 책을 펴들고 반야심경도 얘기하고 노자도 얘기한다 시를 내놓고 이미지도 얘기하고 리듬도 얘기한다

잠시 쉬는 동안 녹차 몇 잔이 돌아간다 집주인은 무얼 더 내놓고 싶어 마음이 분주하다

창밖에서는 보랏빛 도라지꽃들이 자꾸 모가지를 쳐든다 저희들도 방 안으로 들어와 공부하고 싶은 모양이다

들고양이 몇 마리도 자기를 알아달라고 응아응아 울며 어린 애들처럼 보채쌓는다

절골집에 모여 하는 공부는 별것 아니다 고추와 가지와 꽃상추와 도라지와 들고양이와……,

좀 친해보자는 것이다 친구가 되어보자는 것이다
이곳에 모여 무슨 공부를 하는지 아주 뻔해 더는 묻지 않는다.

싸락눈, 대성다방

싸락싸락 싸락눈이 내려 쌓이던 겨울, 털모자도 가죽장갑도 없었지 양 볼에서는 차가운 솜털들이 보숭거렸고

스물한 살, 곤색 점퍼 위로 나뒹굴던 싸락눈만으로도, 가슴은 쩍쩍 금이 갔지 붉게 아팠지

아픈 마음으로 역전 대성다방의 낡은 계단을 타고 올라가고 는 했지 멈칫멈칫 미닫이문을 열고 들어서면 톱밥난로 푸스스 타오르던 왼쪽 구석, 하얀 손들 번쩍번쩍 들려지고는 했지

옆구리에는 비닐커버의 노트 한 권씩이 끼어 있었지 두툼한 노트 속에는 토닥거리다 만 화장기 가득한 언어들

커피를 마시고, 음악을 듣고, 오늘이며 내일의 역사를 지껄 여대다가는 더러 노트를 바꿔 읽으며 침을 튀기기도 했지

조국이니 민중이니 하는 말들은 언제나 가슴을 쳤고, 급기야 는 반유신의 불화살로 날아가고 싶어 온몸이 뾰쪽뾰쪽 날이 서기도 했지

다방이 문을 닫는 밤, 역전 통으로 걸어 나가면 금방과 양복점이 가득한 거리에서는 자주 길이 끊겼지

기다릴 수도 없이 멈출 수도 없이 내려 쌓이는 눈 더미,

함박눈 더미, 눈알 부라리며 내려다보는 가로등 불빛만으로도 가슴의 상처는 쉽게 덧났지

터덜거리는 구두코를 따라 무심코 걷다 보면 성탄을 알리는 대흥동 성당의 종소리, 아기예수를 경배하는 마음이 절로 솟았지

이제 대성다방은 없어졌지 싸락눈 내리는 겨울, 모자도 장갑도 없이 두 손 호호 불며 키우던 꿈도 미래도 너풀거리는 은발이 다 덮어버렸지 너풀거리는 은발 너머로 또 세월은 가고 오고.

조국

한때는 조국, 이라는 말만 들어도 주먹이 불끈 쥐어지던 시절이 있었다 어쩌다 보니 조국 같은 것은 개도 안 물어가는 시절이 왔다

어떤 사람에게는 아주 오래전부터 서울과 엘에이가 그게 그거였다 어떤 사람에게는 아주 오래전부터 뉴욕이 평양보다 훨씬 더 가까웠다

조국, 그들에게 조국 같은 것은 아주 일찍부터 없었다 어느새 조국이라는 말을 들으면 노동자들의 가슴이나 겨우 찔끔거리는 시절이 왔다

마음에 조국이라는 말이 없어져 사전에도 조국이라는 말이 없어지게 되었다 한때는 조국, 이라는 말만 들어도 온몸이 부르르 떨리던 시절이 있었다.

매미

서럽지 기쁘게 서러워야지
칠 년씩이나 감옥살이를 하다가
보름쯤 풀려났으니

울지 울어야지
더는 견딜 수 없다고
다시 지하 감옥으로
끌려갈 때까지

그렇지 즐겁게 통곡해야지
철벽 크레인에 붙어 끝내 온 가슴
환하게 빠개질 때까지.

바람의 집

　여수의 돌산이 갓김치로 유명하다는 것쯤은 진작부터 잘 알고 있었다 돌산에서 맛있기로는 향일암도 갓김치에 못지않았다

　돌산에서 정작 먹고 싶은 것은 갓김치나 향일암이 아니라 돌의 집이었다 오죽하면 이 섬의 이름을 돌산이라고 지었을까

　너무도 안쓰러워 나는 여기저기 두리번거리며 돌의 집을 수소문했다 돌의 집이라니 어디에도 돌의 집을 알고 있는 사람은 없었다

　바닷가 근처 물에 잠겼다가 떠오르는 여가 돌의 집일까

　섬의 외곽을 저속의 자동차로 달리다가는 방파제 끝으로 가 물방개와 놀기도 했다

　바닷속까지 꼼꼼히 들여다보았지만 버려진 미역 오라기 따위만 이리저리 몰려다닐 뿐 돌의 집은 없었다

　돌의 집을 먹고 싶어 하기 때문일까 갑자기 배가 아팠다 후닥닥 길가 낯선 집의 화장실에 뛰어 들어가 변기 위에 앉았을 때였다

　바람의 집, 퍼뜩 엉뚱한 간판 하나가 달려와 어깨를 두드려댔

다

　옷을 고쳐 입고 난 뒤에도 바람의 집 안으로는 들지 않았다 금방금방 한 뼘씩 손을 뻗어대는 호박넝쿨과 함께 집밖 돌담가 비키니 의자에 앉아 먼 바다나 먹고 있었다

　황홀했다 이토록 슬픈 풍경을 갖고 있어 바람의 집이라고 했을까

　바람이 살림을 차리고 있는 안방까지는 차마 들여다보지 않았다 누구의 안방인들 누추하지 않으랴

　사르르 아픈 배를 어루만지며 돌의 집보다는 바람의 집으로 온 것을 다행이라고 생각했다

　돌의 집은 끝내 어디에서도 보이지 않았다 어느덧 금빛 저녁 해가 바람의 집을 노랗게 물들이며 바다 속으로 몸을 던지기 시작했다

　거기 하늘가 제 몸을 붉게 꾸미고 있던 구름이 바다를 향해 탕, 탕, 탕, 장총 몇 방을 쏘아댔다 붉게 얼비치는 팟빛 노을이라니

　이토록 잔인한 놈이 구름이라는 것은 진작부터 잘 알고

있었다 순식간에 검게 물들어가는 구름이라는 놈이 만드는 고요까지도……

연초록 잔디밭 위에서 겁에 질린 노송들이 꿀꺽 침을 삼키는 소리가 들렸다

그때였다 바람의 집이 터지기 직전의 수류탄처럼 온몸을 부르르 떨었다

아직도 제 머리에 무겁고 벅찬 정의를 이고 있기 때문일까 누구도 그녀의 흥분을 가라앉히기는 어려웠다

이렇게 바람의 집은 내게 돌의 집을 대신했다 돌산에서도 나는 또 꿩 대신 닭이나 잡아먹었다.

연꽃을 밟으며 당신은

연꽃을 밟으며 당신은 오신다 때가 되어 당신은 그대 가슴
속 오랜 기다림의 동아줄을 타고 오신다 미어지는 아픔으로,
살 떨리는 기쁨으로 오신다

할, 어쩌구 소리치지 않아도, 봉, 어쩌구 몽둥이 휘두르지
않아도 당신은 문득 와 왼손으로 땅을, 오른손으로 하늘을
가리키며 말한다

그대 여린 가슴이, 슬픈 나날이 가장 높고 귀하다고 조용조용
말한다 자국자국 동서남북을 돌아 세상 한복판으로 당신은
오신다

토굴 속에 갇혀 뚫어져라, 문구멍 바라보지 않아도, 오만
번뇌 끊지 못해 쩔쩔거려도 당신은 기어이 어머니의 옆구리를
뚫고 오신다

당신은 오시어 어린애처럼 해맑은 언어로 거친 손, 찢긴
가슴 어루만진다 끌어안는다

정신 차려라 당신은 이미 모래알 같은 마음속, 호숫가 물안개
로 촉촉이 피어오른다 장남평야 화사한 봄빛으로 점점이 번져
오른다.

내게는 늘 귀했다

가을 남천을 갖고 싶었다 아무데나 흔하게 널브러져 있는
화순에서는 밥집 평상 위에까지 기어 올라와 얼굴을 붉히며
웃었다 가을 남천
산청에서는 도로가를 따라 우르르 떼를 지어 몰려다니기도
했다
하동에서는 아파트 베란다에까지 밀고 들어와 불그레한
제 몸을 비틀어댔다
남들에게는 너무도 흔한 가을 남천
내게는 늘 귀했다 인사동의 밥집 화단에서는 뽀얀 먼지를
뒤집어쓴 채 눈물을 흘리고 있었다
가을 남천을 떠올리면 자꾸 서러웠다 여름 남천보다 가을
남천이 왜 더 서러울까
마음이 여린 나를 닮아 한 잔 소주에도 온몸 붉게 타오르는
가을 남천
쑥스러운 듯 두 손으로 자꾸 제 낯을 비벼대는 그녀는
아직도 제 붉은 머리칼을 흔들어 하늘 멀리 흰 구름을 띄워
올리고는 했다

걸핏하면 새침데기처럼 토라지기를 잘하는 가을 남천

떠올리기만 해도 마음이 아주 시리고 황홀했다 쪽곧은 그녀
의 종아리는 더욱 어지러웠다

내게는 장롱 속 보석처럼 귀한 가을 남천

오늘도 그녀는 꽉 찬 적금통장처럼 내 가슴을 외락 끌어안았
다.

촛불 속에는

촛불 속에는 타는 가슴이 있다 뚝뚝 흘러내리는 눈물이
있다 눈물을 딛고 솟구쳐 오르는 강철 머리칼이 있다
칠천만 개의 저 불꽃 씨알!
한데 뭉쳐 피워 올리는 촛불 속에는 아픈 어제가 있다 환한
내일이 있다
신나게 타오르고 있는 불꽃 씨알
나도 타고, 너도 타고, 이 나라 거대한 자본도 함께 타고
있다 어쩔 수 없이 타고 있다
화들짝, 무너져버리는 저 낡은 기둥…… 어질어질 한반도를
가로지르는 냉전의 휴전선도 신나게 타고 있다
칠천만 개 불꽃 씨알, 뚝뚝 흘러내리는 촛농 같은 눈물
눈물을 딛고 솟구쳐 오르는 광화문, 종로의 촛불 속에는
이 나라 아픈 역사가 있다
핍박받던 지난 시대의 추억까지 한꺼번에 타고 있다
분단 60년의 녹슨 쇠사슬을 끊고 촛불이 주인이 되는 세상
만들고 있는
갑신년 3월의 슬픈 축제 속에는 벅찬 희망이 있다 즐거운

꿈이 있다 언 땅 뚫고 일어서는 칠천만 새싹 씨알이 있다.

바람의 파수꾼

무엇으로, 왜, 어떻게 바람을 지키겠다는 것인가
손오공처럼 구름을 타고 하늘로 올라가 바람을 지키겠다는
것인가
이마에 손을 올리고 저기 아득한 허공을 주욱 둘러보고는
불어오는 바람을 꼼짝 못하게 잡아 묶어 감옥에 처박아
두겠다는 것인가
킥킥킥, 새들이 웃는다 새들의 웃음소리 들리지 않는가
실은 새들도 지키지 못하는 것이 당신 아닌가
바람보다 먼저 새들이나 지켜보시지
새들보다 먼저 구름이나 지켜보시지
새들도 제대로 지키지 못하면서
구름도 제대로 지키지 못하면서
어떻게, 왜, 무엇으로 바람을 지키겠다는 것인가
도대체 무슨 근거로, 무슨 이유로
당신은 바람을 지켜야 한다고 생각하는 것인가
바람은 사람, 사람은 마음, 마음은 자유……, 자유가 발길을
만들고, 발길이 역사를 만들지

바람을 지키겠다는 것은 역사를 지키겠다는 것
무엇으로, 왜, 어떻게 역사를 바람을 지키겠다는 것인가
바람은 흐르는 것, 바람은 달리는 것
그렇지 물처럼 여기저기 스미는 것
아직도 당신은 구름을 타고 있는가
당신이 타고 있는 구름은 뜬구름
손오공의 흉내 그만 두고 얼른 땅으로 내려오시게
땅에 깊이 뿌리를 내리고 미루나무처럼 하늘을 향해 머리칼
을 날려 보시게
그것이 실은 바람을 지키는 일
더는 바람을 지키겠다는 생각을 해서는 안 되네
바람이 지금 당신의 여린 잎새들 부드럽게 어루만지고 있잖
나.

매화꽃 언덕

매화향기 그윽하여라 진월동 언덕
몸 던져 꽃봉오리를 갈고 닦는
젊음이여 어머님 품처럼 따스하여라

눈 들어 무등을 바라보면
희망을 향해 달려 나가는
이 땅을 키워온 선비들의 얼
은은한 햇살로 피어올라라

호수처럼 맑고 깊어라 매화꽃 언덕
맨몸으로 꽃봉오리 밀어 올리는
청춘이여 아버지의 품처럼 넉넉하여라

눈 들어 하늘을 바라보면
내일을 향해 달려 나가는
이 나라를 지켜온 조상들의 얼
지극한 꽃향기로 솟아올라라

꿈이여 싱그러운 미래여
눈보라를 뚫고 새파랗게 깨어나는
매화송이여 바람이 불어
설레는 가슴 더욱 설레어도 좋아라.

무등북

북을 치자 무등 둥둥
빛고을 하늘을 가득 채운 뒤
금수강산을 향해 달려 나가는
저 북소리——
무등 둥둥 북을 치자
강으로 산으로 대륙을 찾아
우리 검붉은 두 다리
그대 환희의 내일을 껴안고 있다

북을 치자 무등 둥둥
남쪽 벌 총총 넘쳐흐른 뒤
백두대간을 타고 오르는
저 북소리——
무등 둥둥 북을 치자
동으로 서로 세계를 향해
이 나라, 통일된 나라
그대 구릿빛 어깨에 기대고 있다

북소리로 피어오르는
아침 이슬방울들
벌써 빨간 사과 알로 익고 있다
북소리로 자라 오르는
샛노랗던 무논의 벼이삭들
어느덧 굵은 모가지로 여물고 있다

북을 치자 무등 둥둥
이 가을 하늘 가득 채운 뒤
난바다를 향해 환하게 출렁이는
저 북소리—
무등 둥둥 북을 치자
아직은 먼 나라, 고구려를 향한
우리의 오랜 꿈
그대 땀 젖은 가슴팍을 끌어안고 있다.

창공

새털구름 높이 떠 흐르는 창공!
창공에는 새털구름만 떠 흐르는 것이 아니다
우리의 오랜 꿈도 함께 떠 흐른다

우리의 오랜 꿈이 무엇이냐고
묻지 마라 지금은 보라매의 웅지로
비행기가 뜬다 당신의 뜨거운 열정이 만드는
보아라 저 씩씩한 은빛 날개를

텅 비어 있으면서도 꽉 차 있는 창공
창공에서 깨닫는 것은 공허만이 아니다
당신의 오랜 희망도 함께 깨닫는다

보라매의 날갯짓으로 치솟는 역사도
창공에는 있다 최첨단 문명의 내일도
하늘빛으로 몸 감춘 채 날고 있다
보아라 은빛 공허 속, 우리의 벅찬 날개를!

불투명한 바람과 투명한 마음

김종훈(문학평론가)

1

세상은 그것이 투명하기를 바라는 사람의 마음을 굴절시킨다. 그 사람은, 체험과 역사가 지닌 깊이, 자신과 타인이 품은 뜻이 마치 거울 속의 모습처럼 같았으면 좋겠다는 염원을 지니고 있다. 그의 바람이 실현되기 위한 최소 조건은 배려, 정직 등일 터인데 이를 공동체의 구성원 모두, 항상 지니는 것은 불가능하다. 구부러지고 잘려나간 욕망의 파편들, 공존하고 있으나 이해할 수 없는 것들이 도처에 흩뿌려진다. 『봄바람, 은여우』에서 이은봉의 시선이 자주 허공을 향하는 것도 이러한 사정 때문일 것이다. 그가 눈길을 거둔 지상의 모습은 어떠한 모습일까, 그리고 그가 파악한 허공은 어떤 의미를 지닐까. 이를 헤아리기 위해서 일단 종이와 펜을 준비한다.

> 세상은 벌써 눈 덮인
> 겨울 산, 겨울 하늘
>
> 눈 감으면 마음의 허공 한가운데로
> 어린 꾀꼬리 한 마리
>
> 파릇파릇 솟구쳐 오른다
> 길게 대각선을 그으며.
>
> —「허공」 전문

백지에 난을 치듯 왼쪽 아래에서 오른쪽 위로 선을 긋는다. 맞물린 삼각형 두 개가 생겨났으나 이것은 의도한 바가 아니다. 「허공」에 등장하는 꾀꼬리의 동선처럼 '길게' 대각선을 긋기 위해서는 종이가 더 크거나 깊이를 갖춘 공간이 필요하다. 시인은 '대각선'으로 평면을 마련하고, '길게'로 그 평면을 의심하게 한다. 즉 눈 덮인 겨울 산을 배경으로 설정하며 공간을 백지에 옮기려 했으나 매끄럽게 그리지 못한 것이다. 왜 입체의 흔적이 종이 위에 남아 있는 것일까. 아니 그보다 먼저 그는 왜 입체의 흔적을 지우려 했을까.

'길게'는 이차원이 되는 과정 중에 삼차원이 남긴 흔적이다. 어떤 그림들은 소실점과 원근법으로 평면의 깊이를 재현하지만 이 시의 그림은 하나의 선으로 그 깊이를 환기한다. 이것이 의도로 남았는지 의도치 않게 남았는지 판단하기는 어렵다. 그러나 최소한 이 시가 입체적인 공간을 평면화하는 방식으로 쓰였다는 것은 말할 수 있다. 세상은 눈에 덮이는 것으로 한 번, 눈을 감는 것으로 다시 한 번 입체성을 줄인다. 바깥세상이 있던 그 자리에 "마음의 허공"이 들어서자 비로소 어린 꾀꼬리가 날아간다. "파릇파릇 솟구쳐" 오르는 모습은 마치 희망 찬 미래를 상징하는 듯하다. 그러므로 지워진 세상은 늙고 병든 절망적인 현실이다.

2

예전이나 지금이나 이은봉의 시는 삶의 현장을 토대로 구축된다. 개인적 체험과 공통 현실은 구체적 삶을 조성하는 두 가지 핵심요소인데, 그의 시적 개성은 이 둘이 거의 겹쳐 있는 데에서 발생한다. 가령 꿈꾸었던 시절 마포경찰서 근처 식당을 기억하는 것은 개인적 체험이지만, 그가 언급한 근처의 창비·문지·자실 등은 당대 문인이 겪은 공통 현실의 상징과 같은 것이다(「꿈」). 또한 역전 대성다방에서의 추억은 구체적 체험이지만, 조국이니 민중이니 하는 말을 하며 "반유신의 불화살로 날아가고 싶"었던 마음은 공통 현실을 기반으로 한 것이다(「싸락눈, 대성다방」). 구체적 체험과 공통 현실이 포개지며 시련이 찾아오고 욕망이 생겨난다.

그럼에도 불구하고 이번 시집에는 형이상학적 사유가 전면에 드러나 있는 것처럼 보인다. 구체적 삶이 회상의 굴레에 갇혀 있기 때문일까. 실제로 뜨거운 마음은 과거에, 찢겨진 날개는 현재에 있다. 가난했으나 꿈이 있었던 과거와 "그렇게 내 날개는 찢겨져버렸다 부러져버렸다 꺾어져버렸다." (「꿈」)며 비상의 가능성이 꺾인 현재가 대조되고, 앞의 시간에는 시련과 낭만이 뒤의 시간에는 좌절과 실패가 배치된다. 꿈꿀 시간이 예전보다 덜 남았기 때문이기도 하겠지만 그동안 공동체의 다른 구성원에게 입은 내상도 한몫하는 것 같다. 그는 마치 지상의 삶에는 더 이상 기대할 것이 없다는 듯이, 세상을 납작하게 인식하고 시선을 허공으로 옮긴다.

민들레 샛노란 꽃들 지고
화들짝 꽃솜들 피어난다.
민들레 꽃솜들에게는
다리가 달려 있다
꽃솜들의 다리는 바람……
바람 다리가 달려 있는
민들레 하얀 꽃솜들
하늘, 가득 날아오른다

잘 익은 해 그만 땅으로 떨어진다.
광화문 시청 청계천
오조조 별들 뜬다 촛불별들
아직 어두운 촛불별들에게도
다리가 달려 있다.
그들의 다리는 사람……
사람 따라 촛불별들 걷는다
세상, 차츰 밝아온다.

—「다리」 전문

낮에 꽃솜들은 바람을 다리 삼고 하늘을 터전 삼는다.
밤에는 촛불별이 뜬다. 바람에 대응하는 촛불별의 다리는 사람이다. 사람은 촛불별들의 다리가 되어 세상을 밝히고 동을 틔운다. 그가 지상에서 하늘로 시선을 옮겼다고 하더라도, 그의 마음까지 공동체를 떠나 허공을 향했다는 진단은 섣부르다. 세상이 탁하다고 하면서도 "그냥 그렇게 탁한 세상이나 웃으며 살리"(「그냥 그렇게」)에 위안과 희망이 없다고 말하기는 어렵다. 그는 "가지가 부러지고 잎사귀가 찢긴 나무가 피워 올리는 꽃은 얼마나 초라한가"라 말하면서 동시에 "어린 새벽의 발자국 소리를 들으며 나는 거듭 내 속에서 크는 가지가 부러지고 잎사귀가 찢긴 황금나무를 어루만졌다."(「잎사귀가 찢긴 황금나무를 어루만졌다」)고 한다. 타인과 공동체에 대한 오랜 신뢰가, 희망이 곧 도착하리라는 믿음으로 이어진다. 날개가 찢겨진 상태이지만 그 날개를 꿰매줄 이들이 공동체에 있다고 믿는 것이다.

허공은 이처럼 지상에서 입은 상처를 위로하는 역할을 한다. 특별한 메시지 없이 그것은 존재만으로 지상을 상대화한다. 지상에서 입은 상처도, 피할 수 없고 나을 수 없는 운명에서 벗어난다. 지상의 의미를 상대화하는 개념은 다른 것도 있다. 가령 자연이나 지상을 꼽을 수 있으나 이들은 정형화된 의미를 가지고 지상의 뜻도 고정시킨다. 시집에는 마치 허공의 의미를 비워두겠다는 듯이 형상 없는 바람이 만상에 닿고 있다. 허공은 의미가 아니라 위상으로 절대적인

대상을 상대화한다. 삶 옆에 죽음을, 안 옆에 밖을, 끝 옆에
시작을 생각할 수 있도록 하는 것이다.

　　감나무 아래, 대나무 평상 위에 다시 눕는다
　　눈 감았으면서 뜨고, 뜨면서 감는다
　　그러는 사이 감나무 잎새들
　　보이면서 보이지 않고, 보이지 않으면서 보인다
　　감나무 아래 대나무 평상 위에 누워 나는 지금 무엇을
기다리고 있는가
　　홍시들이 떨어지기를 기다리는가
　　그늘이 펼쳐지기를 기다리는가
　　홍시들 사이, 그늘들 사이 푸르른 하늘이 나타나면서 사라
지고, 사라지면서 나타난다
　　하늘 가까이 새하얀 뭉게구름 몇 점도 그렇게 나타나면서
사라지고, 사라지면서 나타난다
　　있으면서 없고, 없으면서 있는 저것들 사이
　　언뜻언뜻 허공이 보인다
　　있으면서 없고, 없으면서 있는 저것들, 허공으로 솟구치면
서 가라앉고, 가라앉으면서 솟구친다
　　허공이 만들면서 지우는 저것들
　　내게서 나가면서 내게로 들어오고 있다.

　「대나무 평상 위에 누워」는 시집의 중심 사유가 압축적으로 제시된 시다. 시인은 평상 위에 누워 있다. 긴장의 시간이라기보다는 이완의 시간이다. 눈을 감았다 뜨자 감나무 잎이 안보였다 보인다. 그가 묻는다. 무엇을 기다리는가. 쉬면서 흘려보내던 시간이 그 질문 주위로 모여들어 시적인 힘을 만든다. 재차 묻는다. 홍시가 떨어지기를, 그늘이 펼쳐지기를 기다리는 것인가. 예측으로 가까운 미래를 불러들여 시간이 두터워지기 시작한다.

　반전이 일어난 것이 이때이다. 피사체였던 홍시와 그늘이 배경으로 물러나고 그것들 사이에 눈이 간다. 하늘이 펼쳐져 있고 뭉게구름이 떠다닌다. 아니 이제는 어떤 대상이 부각되기보다는 차라리 대상의 변화 그 자체가 주인공이 된다. 사라지면서 나타나고, 없다 있는 그 운동성이 전면에 부상하는 것이다. 마지막으로 허공이 나타난다. 그 속에서 가라앉음과 솟구침이, 있음과 없음이, 사라짐과 나타남이 서로 긴장하며 변화한다. "내게서 나가면서 내게로 들어오는" 이 변화의 운동성을 바람이라 할 수 있지 않을까.

3

이은봉은 『봄바람, 은여우』를 바람의 시집으로 읽어주기를 권한다. '시인의 말'을 잠시 요약해보자. 바람은 사람이었다가 세상이었다가 역사가 된다. 바람은 공기이고 소리이고 언어이고 기표이자 기의이다. 바람은 형상이자 형상이 아니다. 마치 선문답과도 같은 이율배반의 진술이 연속된다. 분포도를 작성하여 빈도수로 바람의 성향을 따질 수도 있을 것이다. 그러나 시인의 말은 그와 같은 시도가 부질없다는 것을 말하려고 쓰인 듯 바람에 뜻을 계속해서 미끄러트린다. 바람은 겹겹의 의미를 안고, 그래서 주술처럼 의미들을 흐트러트리며 허공을 떠다닌다. 바람은 상충하는 대상들을 움직이게 하며 그것들을 서로 걸려 있게 한다.

봄바람은 은여우다 부르지 않아도 저 스스로 달려와 산언덕 위 폴짝폴짝 뛰어다닌다

은여우의 뒷덜미를 바라보고 있으면 두 다리 자꾸 후들거린다

온몸에서 살비듬 떨어져 내린다

햇볕 환하고 겉옷 가벼워질수록 산언덕 위 더욱 까불대는 은여우

손가락 꼽아 기다리지 않아도 그녀는 온다

때가 되면 온몸을 흔들며 산언덕 가득 진달래꽃 더미,
벚꽃 더미 피워 올린다

너무 오래 꽃 더미에 취해 있으면 안 된다

발톱을 세워 가슴 한쪽 칵, 할퀴어대며 꼬라지를 부리는
은여우

그녀는 질투심 많은 새침데기 소녀다

짓이 나면 솜털처럼 따스하다가도 골이 나면 쇠갈퀴처럼
차가워진다

차가워질수록 더욱 우주를 부리는 은여우, 그녀는 발톱을
숨기고 달려오는 황사바람이다.

　　　　　　　　　　　　　　　—「봄바람, 은여우」전문

봄바람은 생명의 경쾌함을, 은여우는 야생의 활달함을
북돋운다. 봄바람은 은여우 덕분에 까불대며 빛나게 되고,
은여우는 봄바람 덕분에 변덕스럽고 화사해진다. 봄바람,
은여우, 그리고 뒤이어 등장하는 그녀까지 모두 소멸보다는
탄생에 가까운 것들이다. 하지만 바람을 탄생의 메신저로
규정하기는 어렵다. 곧이어 다른 뜻이 첨가된다. "너무 오래
꽃 더미에 취해 있으면 안 된다"가 등장하더니, "차가워질수
록 더욱 우주를 부리는 은여우, 그녀는 발톱을 / 숨기고

달려오는 황사바람이다"로 시가 마무리된다. 탄생을 재촉하는 바람 다음에 따뜻한 바람이 아니라 위기의 바람이 불어온다. 봄은 화사함 이면에 불길함을 내장하게 되는 것이다.

마지막 황사바람의 등장은 허공 위에 '길게' 그어진 대각선과 같다. 기대하지 못한 결과를 낳았다는 면에서, 지각의 범위를 확장했다는 면에서 그렇다. 첫 번째 특징은 변화무쌍한 바람과 맞물려 시집이 지향하는 의미가 어느 하나로 고정될 수 없다는 것을 일러준다. 두 번째 특징은 평면에 깊이를 확보했던 것처럼 차원을 하나 늘려 봄의 풍경에 다른 시간이 있다는 것을 환기한다. 바람은 여기에서 종잡을 수 없는 실체이면서 동시에 다른 세계의 존재를 암시해주는 전달자이다.

멈춰 있는 바람에는 "태풍의 꿈은 다 접었는가"(「골짜기에 나자빠져 있는 바람」)라 하고, 민들레 홀씨에 부는 바람에는 "봄바람은 하느님의 낮고 작은 숨결"(「봄바람」)이라 한다. 날개를 편 새로 비유된 바람은 "접혀 있는 속날개의 깃털은 노랗다"(「바람의 발톱」)로 마무리된다. 또한 노숙자로 비유된 지쳐빠진 바람을 두고는 "그는 아직 회오리로 이 세상 거칠게 몰아칠 때가 오리라고 믿는다"(「지쳐빠진 바람」)며 반대 의미를 계속해서 끌어들여 의미를 두텁게 한다.

오해의 여지없이 뜻 하나를 가리키는 낱말을 투명하다고

말한다면 시집의 바람은 불투명하다. 바람이 닿는 이율배반의 말은 논리적 파탄을 이끌어 뜻을 헤아리는 시도를 막는다. 그 말은 초점 없이 흘러가지도, 허무 의식에 잠겨 있지도 않지만, 합리적 이성의 권위에 도전한 이들의 시도에는 동참한다. 그러나 엄밀히 말하면 바람에 담겨 있는 뜻은 모순될 것이 없다. 무엇이건 뚫는 창과 막는 방패는 한자리에 모이되 한순간에 부딪치지는 않는다. 봄바람과 황사바람이 시간차를 두고 부는 것처럼 불투명한 다른 바람도 시간의 격차를 두고 오가는 것이다.

나뭇가지, 푸른 나뭇가지는
멧새처럼 날갯짓하며 푸른 생명을 키운다

나뭇가지, 검은 나뭇가지는
가위손처럼 버걱거리며 검은 죽음을 키운다

생사의 나뭇가지는 당신의 마음
가까이 다가올수록 검고 푸르다

가까운 것은 늘 먼 것을 꿈꾼다
생사의 나뭇가지는 지금 희망의 산으로 가고 싶다

생사의 바깥에서 저 스스로 꿈이 되는 산

이제는 잿빛 옷의 구름바다를 데리고 가고 싶다.

　　　　　　　 —「구름바다-정취암 언덕에서」 부분

「구름바다」를 보자. 구름바다로 자욱한 산이 원경으로
펼쳐진다. 구름바다는 그에게 감상이 아닌 외경의 대상이다.
시인은 범접하지 못하는 풍경을 묘사하기보다는 어떤 관념
하나를 질서 있게 배열하는 데 공들인다. 푸른 나뭇가지가
푸른 생명을 키우고 검은 나뭇가지가 검은 죽음을 키운다는
진술은 논리 정연한 말이지 환상으로 어지럽혀진 말이 아니
다. 그런데 생명과 죽음을 함께 매단 이상한 나뭇가지가
"당신의 마음"에서 자라기 시작한다. 마음이라는 내적 풍경
과 구름바다라는 외적 풍경이 중첩되며 점점 더 시가 어지러
워진다. 이것을 모순의 순간으로 갈무리할 수 있는가. 안과
밖의 소통이 이뤄지는 순간이라 볼 수 있지 않은가.

　멀리 보이는 산이 원경의 시야를 그에게 제공하자 그는
삶 옆에 죽음을 끌어 놓게 된다. 둘이 한 가지에서 나왔다는
말은 모순이 아니라 진실에 가깝다. 때로는 불투명하게 보이
고 때로는 혼란스럽게 보이고 때로는 이율배반으로 보이는
진술들은 건너지 못하는 심연을 드러내기 위해서가 아니라

숨은 진실을 보여주려 마련된 것이다. 이로써 삶과 죽음은 같이 긴장하며 서로를 허무의 늪에 빠지지 않도록 지지한다. 논리적 파탄의 순간이 아니라 새로운 소통의 순간이다. 원경과 근경, 생명과 죽음, 그리고 생사의 안과 "생사의 바깥"이 서로 걸려 있는 인식의 전환이 이뤄진다.

『봄바람, 은여우』에는 시작과 끝이 이어져 있으며 안과 밖이 통해 있다. "바람은 사람, 사람은 마음, 마음은 자유……, 자유가 발길을 만들고, 발길이 역사를 만들지"(「바람의 파수꾼」)나, "어디에도 나는 없다 나는 없다 나는 없다 있으면서 없다."(「나무, 나무, 나무」)에도 모순의 상황보다는 소통의 국면이 강조된다. 삶은 죽음과 말의 한계는 침묵의 세계와 접목한다. 모든 것이 아무것도 아니며, 아무것도 아닌 것이 모든 것이다. '바람'은 자유이자 역사이고 '나'는 있으면서 없다. 허공이 마련한 공간에서 상충하는 의미들이 바람을 매개로 인연을 맺는다. 이들의 반대편에는 집착과 허무가 있을 것이다.

4

허공은 공간이고 바람은 매개이다. 마치 밤하늘의 별자리처럼, 허공과 바람이 포개지며 인연의 공동체가 구성된다. 바람에 의해 서로 걸려 있는 것들에는 앞에서 확인한 바와 같이 상충하는 것까지도 포함된다. 가장 큰 삶, 가장 작은 솜털 등이 모두 인연을 맺으며 서로를 긴장시킨다. 굳이 허공과 바람이 시에 명시되어 있지 않더라도 사정은 마찬가지이다. 아래 시는 실제와 환상이, 안개꽃과 달빛 세상이 인연의 국면을 보여준다.

우르르 몰려다니는 안개꽃 더미, 이미지
벌떼처럼 몰려다니는 안개꽃 더미
세상은 안개꽃 더미지 흐리고 뿌옇지

안개꽃 더미가 세상을 바꾸지 이미지가
세상을, 시간을 밀고 다니지 달빛처럼

한 생애의 어제와 오늘과 내일이
여기 모여 있지 환상덩어리가 그것을 끌고 다니지
한 생애는 환상덩어리지 흐리고 뿌옇지

모르는 것이 약이라고, 아는 것이 힘이라고
모르는 것이 어디 있기라도 하니

아는 것이 어디 있기라도 하니?

—「안개꽃 더미」 부분

　멀리서 보면 뿌옇고 흐릿하기 때문이겠지만 안개꽃 더미
는 환상의 이미지로 인식된다. 시인은 한 생애를 안개꽃에
비유한다. 삶의 허무를 드러낸 것인가. "모르는 것이 약이라
고, 아는 것이 힘이라고 / '모르는 것'이 어디 있기라도 하니
/ '아는 것'이 어디 있기라도 하니?"를 어떻게 보는지에 따라
해석이 갈라진다. 시인은 앎과 모름의 구분에 대해 그런
것이 애초에 있는지 질문한다. 이 질문이 앎을 좇아 살아온
과거의 삶을 회의하는 것이라면 안개꽃의 이미지는 허무의
색채를 띤다. 그러나 질문이 "달빛처럼" 시간을 '밀고' 다니
는 현재를 향한 것이라면 생생한 이미지를 돋보이게 하려는
의지의 표현으로 읽힌다.
　시인은 계속 질문하고 단정한다. 보통 질문은 불확실한
것에 하고 단정은 확실한 것에 하는데, 여기에서는 짝이
바뀐다. 확실한 과거에 대해 질문하고, 불확실한 현재에 대
해서는 단정하고 있는 것이다. 그는 과거를 돌이켜보니 확실
한 것이 없다고 느낀다. 그럴 것 같기도 하다. 앎과 모름의
경계선 자체를 문제 삼는 것도 예상할 수 있는 일이다. 그런
데 어떻게 가장 불확실한 현재를 단정할 수 있었을까. 시인은

유사 방법적 회의론자가 된다. 회의론자는 이렇게 말했었다. 모든 것은 의심할 수 있으나, 의심하고 있는 자신은 의심할 수 없다. 그는 이 주체의 자리에 이미지를 넣는다. 모든 것은 불확실하다. 그러나 현재 불확실해 보이는 이미지는 확실하다. 시의 말을 빌리자면 모든 것이 뿌옇고 흐릿하다. 그러나 뿌옇고 흐릿한 안개꽃은 선명하다.

안개꽃이 없다면 삶에 대한 회의는 삶에 대한 허무나 부정으로 이어지기 쉽다. 지나온 생애의 불확실성은 남은 생애의 불확실성으로 이어지고, 도저한 불확실성은 확실성을 폐기하도록 이끈다. 그는 안개꽃을 통해 불확실성을 앎과 모름의 영역으로 양도하고, 확실성을 이미지에 배당한다. 이미지는 질서정연한 순서에 따라 차곡차곡 시간을 배열하지는 못하더라도, 기억과 예감을 쟁여 넣어 그 시간을 두텁게 한다. 안개꽃의 이미지는 인식의 공터가 지닌 함의를 공허라는 무덤에서 허공이라는 요람으로 전환하여 바람의 길을 터놓는다.

늙어가는 저녁볕
더욱 찬란하거늘
강물 위 조용히 떠 흐르고 있구려
더러는 자맥질해

눈뜬 물고기들 잡기도 하는구려

당신 따라 새끼오리들도

자맥질하는구려

그것들도 물고기들 잡으려

강물 속 진흙 말 끌어안고 있구려

공주 금강가 언덕

모처럼 착하고 아름답구려

이 모든 것들 위해

물오리 한 마리,

물속의 발갈퀴 재빨리 휘젓고 있구려.

—「물오리-L.T.J」 부분

  강물은 속으로 진흙을 끌어안고 있고, 위로 허공을 받아낸
다. 오리는 그 경계에서 자맥질을 한다. 새끼들이 따라 한다.
분주하게 다른 목숨을 잡아먹어야 생을 지탱할 수 있는 비천
한 운명들이다. 바빠 보이기도 하고 슬퍼 보이기도 하다.
그러나 시인은 이 모습을 두고 다른 말을 꺼낸다. "모처럼
착하고 아름답구려." 여백이 많은 호흡으로 평화로운 풍경
처럼 보이게 연출한다. 그는 어디에서 아름다움을 발견한
것인가. 조용히 떠가는 강물 위에 허공이 비치고, 부모를
믿고 따르는 새끼들의 자맥질 속에서 가능성으로 충만한

다음 인연을 발견한 것은 아닐까.

『봄바람, 은여우』는 「소나무 자식」에서 시작하여 「창공」으로 끝난다. 지상에서 시작하여 천상으로 마무리되는 것이다. 소나무를 푸르고 싱싱하며 굳세고 강건한 사람과 연관지을 때(「소나무 자식」) 창공에 오랜 꿈과 희망이 있다고 말할 때(「창공」) 어디서나 건강한 희망을 기원하는 그를 찾을 수 있다. 그는 발밑의 세상과 머리 위의 세상에서 같은 모습이기를 희망하지만, 그래서 시련이 그를 따라다닐 수밖에 없지만, 바로 그 두 세계를 함께 보며 엮기 때문에 오래 절망하지 않는다. 그가 본 창공은 지상의 공허까지 안은 허공이다. "텅 비어 있으면서도 꽉 차 있는 창공 / 창공에서 깨닫는 것은 공허만이 아니다 / 당신의 오랜 희망도 함께 깨닫는다"(「창공」).

봄바람, 은여우

초판 1쇄 발행 2016년 4월 25일
    2쇄 발행 2016년 7월 10일
    3쇄 발행 2016년 11월 30일

지은이 이은봉
펴낸이 조기조
펴낸곳 도서출판 b
편 집 김장미 백은주
표 지 테크네
인 쇄 주)상지사P&B

등록 2003년 2월 24일 제12-348호
주소 151-899 서울시 관악구 난곡로 288 남진빌딩 401호
전화 02-6293-7070(대) 팩시밀리 02-6293-8080
홈페이지 b-book.co.kr 이메일 bbooks@naver.com

ISBN 979-11-87036-07-4   03810

정가_9,000원